ALICIA

a través

DEL ESPEJO

ALMA CLÁSICOS ILUSTRADOS

ALICIA

a través

DEL ESPEJO

Lewis Carroll

Ilustraciones de
John Tenniel

Edición revisada y actualizada

Título original: *Through the Looking-Glass and What Alice Found There*

© de esta edición:
Editorial Alma
Anders Producciones S.L., 2019
www.editorialalma.com

 @almaeditorial

La presente edición se ha publicado con la autorización de Editorial Sexto Piso, S.A.
© Traducción: Teresa Barba y Andrés Barba

© Ilustraciones: John Tenniel

Diseño de la colección: lookatcia.com
Diseño de cubierta: lookatcia.com
Maquetación y revisión: LocTeam, S.L.

ISBN: 978-84-17430-42-9
Depósito legal: B9873-2019

Impreso en España
Printed in Spain

Este libro contiene papel de color natural de alta calidad que no amarillea (deterioro por oxidación) con el paso del tiempo y proviene de bosques gestionados de manera sostenible.

ÍNDICE

ALICIA A TRAVÉS DEL ESPEJO

PREFACIO

Dramatis personae

(tal como se encontraban al principio de la partida)

	BLANCAS		ROJAS	
FIGURAS	PEONES	FIGURAS	PEONES
Tweedledee	Margarita	Margarita	Humpty Dumpty
Unicornio	Haigha	Mensajero	Carpintero
Oveja	Ostra	Ostra	Morsa
Reina Blanca	Lily	Azucena	Reina Roja
Rey Blanco	Cervatillo	Rosa	Rey Rojo
Viejo	Ostra	Ostra	Cuervo
Caballo Blanco	Sombrerero	Rana	Caballo Rojo
Tweedledum	Margarita	Margarita	León

Ya que la partida de ajedrez representada en la página anterior ha desconcertado a algunos de mis lectores, es necesario apuntar que las jugadas están correctamente planteadas, al menos en lo que respecta a los movimientos. Hay que añadir también que la alternancia entre Rojas y Blancas quizá no esté tan rigurosamente observada como debería y que cuando hablo de «enroque» me refiero a que alguna de las tres Reinas ha entrado en Palacio. En cuanto a lo demás: el jaque al Rey Blanco en la sexta jugada, la muerte del Caballo Rojo en la séptima y el jaque mate al Rey Rojo, se ajustan fielmente a las reglas del juego, tal como comprobará quien se tome la molestia de colocar las piezas sobre un tablero y realizar los movimientos aquí consignados.

Navidad, 1896

Niña de frente serena
y de ojos soñolientos
pasa muy rápido el tiempo
sobre ti y sobre mí.
Media vida nos separa
pero me pone contento
saber que con este cuento
voy a hacerte sonreír.

No podré ver tu carita
ni escuchar tu risa alegre
y aunque en mí no pienses
yo sí pensaré en ti.
Sé que estará en tus manos
y eso es más que suficiente,
no hay fracaso, con leerme
ya me haces muy feliz.

¿Recuerdas aquella tarde
en que empezó nuestro cuento?
Yo remaba muy contento,
no parabas de reír.
El ritmo de nuestros brazos
hace un eco en el recuerdo
y cada vez que me pierdo
esa imagen sigue allí.

Déjate llevar, no atiendas
a esas melancólicas voces
que como monstruos feroces
quieren llevarte a dormir.
Todos somos niños grandes,
has de saberlo, querida,
y no hay nadie en esta vida
que se quiera despedir.

Afuera, en la calle oscura
queda la nieve y el frío,
pero ahora estoy contigo
en el calor del hogar.
Y si escuchas mis palabras
desde el nido de tu infancia
todo serán más ganancias,
nada te podrá asustar.

No suspires cuando pienses
que los días de verano
se nos fueron de las manos
y se quedaron atrás.
Piensa mejor que el contento
quedó dentro de este cuento
y no hay sol ni mar ni viento
que lo puedan alterar.

Capítulo I

LA CASA DEL ESPEJO

Una cosa estaba clara: el gatito *blanco* no había tenido nada que ver en el asunto. Toda la culpa había sido del gatito negro. La mamá gata llevaba un cuarto de hora lavándole la cara al gatito blanco (cosa que estaba haciendo bastante bien, por cierto), de modo que era imposible que hubiese tenido *algo* que ver en la travesura.

Y es que Dinah tenía una forma muy especial de lavar la cara a sus pequeños: primero los sujetaba contra el suelo poniéndoles la pata sobre una oreja, mientras que con la otra pata les restregaba toda la cara a contrapelo, empezando por la nariz. Justo en el momento en que sucedió todo, Dinah estaba muy ocupada haciéndole la limpieza al gatito blanco, que estaba muy quieto ronroneando tumbado... y que sin duda sentía que todo aquello era por su bien.

Pero al gatito negro le habían hecho la limpieza al mediodía, así que había debido de ser él —mientras Alicia estaba acurrucada en la esquina del enorme sillón, medio hablando consigo misma y medio dormida— el que había estado pasándoselo en grande con un ovillo de lana que ella había

intentado enrollar aquella mañana. Lo había hecho rodar de arriba abajo hasta que estuvo totalmente deshecho de nuevo y lo había esparcido por la alfombra hasta hacer de él un gran nudo enmarañado. Ahí seguía aún, en mitad de aquel barullo y persiguiéndose su propia cola.

—¡Oh, gatito malo, gatito malo! —exclamó Alicia levantándolo y dándole un beso para que entendiera que estaba castigado—. ¡Dinah debería enseñarte mejores modales! ¡Deberías hacerlo, Dinah, lo digo en serio!

Las últimas palabras se las dirigió a Dinah en el tono más severo que pudo y reprochándoselo también con la mirada. Luego se subió de nuevo al sillón con el gatito y el ovillo y comenzó a enrollarlo de nuevo, aunque menos rápido que por la mañana, porque no dejó de hablar en todo el proceso, a veces con el gatito, y otras consigo misma. Kitty se sentó recatadamente sobre su rodilla observando el proceso y de vez en cuando levantaba una pata y tocaba el ovillo con delicadeza, como si quisiera dar a entender que le agradaría ayudar, si fuera capaz.

—¿Sabes qué día es mañana, Kitty? —dijo Alicia—. Si hubieses estado esta mañana conmigo junto a la ventana, lo sabrías, pero como Dinah te

estaba limpiando en ese momento, no lo puedes saber. Desde la ventana se veía a los chicos llevando palos para las hogueras... ¡Y hacen falta muchísimos palos, Kitty, ni te imaginas! Pero como hacía tanto frío y había nevado tanto, lo han tenido que dejar. No te preocupes, Kitty, que mañana iremos juntas a ver la hoguera.

Y entonces Alicia enrolló un par de vueltas de la lana alrededor del cuello del gatito sólo para ver qué tal le quedaba. Aquello desencadenó una pequeña trifulca en la que el ovillo se fue al suelo de nuevo y se desenrolló la mitad del trabajo. Tan pronto como Alicia volvió a sentarse con el gatito otra vez en el sofá continuó diciendo:

—¿Sabes, Kitty? Me he enfadado tanto cuando he visto la travesura que has hecho, que he estado a punto de abrir la ventana y sacarte fuera a la nieve. Y te lo habrías merecido, ¡pequeña traviesa! ¿Qué puedes decir a eso? ¡No, no me interrumpas! —y continuó mientras levantaba un dedo—. Voy a decirte todas las cosas que has hecho mal. Primero: has gemido dos veces mientras Dinah te lavaba la cara esta mañana. No, no puedes negarlo, Kitty: ¡te he oído! ¿Qué dices? —y después, como si fingiera que el gatito le hablaba—, ¿que te ha metido una pata en el ojo? Ah, pues eso es culpa tuya también, por tener los ojos abiertos. No te pasaría nada si los cerraras con mucha fuerza. ¡No, nada de excusas, Kitty! Escúchame, que no he terminado todavía. Segundo: ¡has tirado de la cola de Copo de nieve cuando le he puesto el plato de leche delante! ¿Que tenías sed? ¿Y cómo sabes que ella no la tenía? Y tercero: ¡Has deshecho el ovillo entero aprovechando que yo no estaba mirando!

»Eso suman tres faltas, Kitty, y todavía no has recibido ningún castigo por ninguna de ellas, pero que sepas que estoy acumulando todos tus castigos para el próximo miércoles... ¿Te imaginas que me acumularan *a mí* todos los castigos? —preguntó en voz alta, hablando más consigo misma que con el gatito—. ¿Qué me *harían* al final del año? Supongo que me mandarían a prisión ese día. O... déjame pensar... imagínate que cada castigo fuera quedarme sin cena: entonces, cuando llegara ese día, ¡me quedaría de pronto sin cincuenta cenas! ¡Bueno, tampoco es para tanto! ¡Prefiero mil veces quedarme sin ellas a tener que comérmelas todas!

»¿Oyes la nieve contra los cristales de la ventana, Kitty? ¿Has visto lo dulce y lo suave que suena? Es como si hubiera alguien que estuviera besando la ventana desde fuera. Me pregunto si la nieve *está enamorada* de los árboles y de los campos y por eso los besa con tanta dulzura. Luego les arropa con un edredón blanco y les dice: «dormid, queridos, hasta que llegue el verano». Y cuando se despiertan en verano, Kitty, se visten todos de verde y bailan de un lado a otro cuando sopla el viento... ¡Oh, eso es muy bonito! —exclamó Alicia dejando caer el ovillo para dar una palmada—. ¡Me *encantaría* que fuera verdad! Estoy segura de que los bosques tienen sueño en otoño cuando las hojas se ponen marrones.

»¿Sabes jugar al ajedrez, Kitty? No, no te rías, querida, te lo pregunto en serio, porque cuando estábamos jugando antes, tú mirabas como si entendieras y cuando dije: «¡jaque!»... ¡ironroneaste! Bueno, es que *fue* un buen jaque, Kitty, y podía haber ganado de verdad si no hubiera sido por ese desagradable caballo que llegó galopando entre mis piezas. Kitty, querida, vamos a hacer como si...

Ahora me encantaría contaros aunque fuera la mitad de las cosas que a Alicia le gustaba decir. Una de ellas era aquélla, su frase favorita: «vamos a hacer como si...». El día anterior había discutido mucho con su hermana y todo porque Alicia le había dicho: «Vamos a hacer como si fuésemos reyes y reinas». Su hermana, a quien le gustaba ser muy precisa, le aseguró que no podían, porque sólo eran dos, y Alicia acabó diciéndole: «Bueno, si quieres *tú* puedes ser una de ellos y yo *seré* todos los demás». Y hasta hubo una vez en que llegó a asustar de verdad a su vieja niñera cuando de pronto le dijo al oído: «¡Niñera! ¡Vamos a hacer como si yo fuera una hiena hambrienta y tú un hueso!». Pero eso ya nos alejaría demasiado de la conversación de Alicia con el gatito.

—¡Vamos a hacer como si tú fueras la Reina Roja, Kitty! Creo que si te sentaras y cruzaras los brazos serías exactamente igual que ella, ¿sabes? ¡Anda, inténtalo, haz el esfuerzo!

Alicia tomó a la Reina Roja de la mesa y la colocó delante del gatito para que pudiera imitar el modelo, pero no tuvo mucho éxito, más que nada (o eso dijo Alicia) porque el gatito no era capaz de cruzar bien los brazos.

Así que, para castigarlo, lo sostuvo en alto y lo puso delante del espejo para que pudiera ver la torpe figura que hacía.

—... Si no lo haces bien enseguida —añadió— te encerraré en la Casa al otro lado del espejo. ¿Te gustaría *eso*? Mira, Kitty, si me escuchas y no me interrumpes constantemente, te contaré todo lo que sé sobre la Casa al otro lado del espejo. Lo primero de todo, mira bien esa habitación que está en el espejo... es exactamente igual que nuestro salón, sólo que las cosas están al revés. Si me subo a una silla la puedo ver entera... todo menos la parte que está detrás de la chimenea. ¡Y no sabes lo que me gustaría ver *esa* parte! Me encantaría saber si la encienden en invierno, pero no lo puedo saber, a no ser que salga humo de la nuestra y entonces ya sé que sale humo de la otra habitación también... aunque puede que sólo lo finjan para que pensemos que ellos también tienen fuego. Luego, los libros son como nuestros libros, pero las palabras están escritas al revés. *Eso* lo sé porque una vez puse uno de nuestros libros frente al espejo y ellos pusieron el mismo al otro lado.

»¿Te gustaría vivir en la Casa del espejo, Kitty? Me pregunto si te darían leche allí. A lo mejor la leche del espejo no se puede beber... ¡Pero mira, Kitty!, también tienen un pasillo. Se puede ver un poquito del pasillo de la Casa del espejo si dejas la puerta de nuestro salón abierta por completo: y es muy parecido a nuestro pasillo por lo que puedes ver, aunque es posible que sea diferente más allá. ¡Oh, Kitty, qué divertido si pudiéramos cruzar a la Casa del espejo! ¡Estoy segura de que allí hay cosas preciosas! Vamos a hacer como si pudiésemos llegar hasta allí de alguna manera, vamos a hacer como si el cristal se hubiera vuelto suave como una gasa y pudiésemos atravesarlo. ¡Mira, si hasta se está convirtiendo en una especie de vaho! Así va a ser muy fácil cruzar...

Alicia estaba subida a la repisa de la chimenea mientras hablaba, aunque apenas sabía cómo había llegado hasta allí. Y era verdad: el cristal estaba empezando a desvanecerse, igual que una brillante bruma plateada.

Un segundo después Alicia atravesó el cristal y, tras un pequeño salto, entró en la habitación del espejo. Lo primero que hizo fue mirar si había fuego en la chimenea, y se alegró mucho al encontrarse con uno que ardía

tan intensamente como el que había dejado atrás. «Así que aquí podré estar igual de calentita que en la antigua habitación —pensó—; incluso más todavía, porque no habrá nadie que me regañe por acercarme tanto. ¡Oh, qué divertido será cuando me vean a través del cristal y no puedan llegar hasta mí!»

Empezó a mirar entonces a su alrededor y se dio cuenta de que lo que se veía de la antigua habitación era bastante normal y aburrido pero que el resto de las cosas no podían ser más diferentes. Por ejemplo, los cuadros de la pared junto a la chimenea parecían estar vivos y el reloj que estaba sobre la chimenea (sólo se podía ver la parte de atrás en el espejo) tenía la cara de un hombre mayor y le sonreía.

«Esta habitación no está tan ordenada como la otra», pensó Alicia, y hasta le pareció ver algunas de las figuras de ajedrez junto a la chimenea entre las cenizas. Con una exclamación de sorpresa, se puso de rodillas y apoyándose en las manos las observó. ¡Las piezas se paseaban de dos en dos!

—Ahí están el Rey Rojo y la Reina Roja —susurró Alicia con miedo de asustarlos—, y sentados al borde de una pala están el Rey Blanco y la Reina Blanca... y las dos Torres, que caminan del brazo... no creo que puedan

oírme —continuó mientras acercaba la cabeza—, y estoy casi segura de que tampoco pueden verme. Me siento como si me hubiera vuelto invisible...

En ese momento algo empezó a gemir sobre la mesa detrás de Alicia, e hizo que volviera la cabeza. Era uno de los pequeños Peones Blancos dando patadidas. Alicia se quedó observándole con mucha curiosidad, no quería perderse nada de lo que pasara.

—¡Es la voz de mi hijo! —gritó la Reina Blanca, y en su apresuramiento empujó al Rey con tanta fuerza que le hizo caer sobre las cenizas—. ¡Mi querida Lily! ¡Mi cachorro imperial! —gritó mientras trepaba como loca por el guardafuegos.

—¡Qué imperial ni qué imperial! ¡Mis imperiales narices! —dijo el Rey, que se había golpeado la nariz en la caída. Y la verdad era que tenía derecho a estar un *poco* molesto con la Reina porque estaba cubierto de ceniza de la cabeza a los pies.

Alicia estaba deseando ser de ayuda y, como parecía que a la pobre y pequeña Lily iba a darle un ataque, se apresuró a levantar a la Reina y ponerla sobre la mesa junto a su ruidosa hija.

La Reina jadeó y se sentó: el rapidísimo viaje por el aire la había dejado sin aliento y durante unos minutos no pudo hacer más que abrazar a la pequeña Lily en silencio. Tan pronto como hubo recobrado la respiración, llamó a voces al Rey Blanco que estaba sentado sobre las cenizas del mal humor.

—¡Cuidado con el volcán!

—¿Qué volcán? —preguntó el Rey, mirando inquieto hacia el fuego como si pensara que lo encontraría en aquel lugar.

—Me ha... lanzado... volando —jadeó la Reina que todavía seguía sin aliento—. ¡Ten cuidado al subir... por el camino de siempre... no vayas a salir volando!

Alicia observó cómo el Rey subía despacio y con dificultad por la rejilla hasta que por fin le dijo:

—Al ritmo que lleva va a tardar usted horas en subir hasta la mesa. ¿No cree que será mejor que le ayude?

Pero el Rey no prestó ninguna atención a la pregunta, lo que hacía que estuviera bastante claro que no podía verla ni oírla.

Alicia lo tomó con cuidado y lo levantó más despacio de lo que lo había hecho con la Reina para no dejarle sin respiración, pero antes de depositarlo en la mesa pensó que quizá le podría quitar un poco el polvo porque estaba completamente cubierto de ceniza.

Tiempo después, cuando Alicia contaba aquella escena, comentó que nunca en su vida había visto una cara como la que puso el Rey cuando se vio en el aire sujeto por una mano invisible que además le sacudía el polvo. Parecía demasiado asombrado como para poder gritar, pero sus ojos y su boca se hacían cada vez más grandes. A Alicia la mano le temblaba tanto por la risa que casi se le cayó al suelo.

—¡Oh, por favor, no ponga usted esas caras! —exclamó olvidando por completo que el Rey no podía oírla—. ¡Me hace tanta gracia que apenas le puedo sostener! Y cierre la boca o se le meterá dentro toda la ceniza... ¡ya está, ahora creo que está más limpio! —añadió mientras le alisaba el pelo y lo dejaba junto a la Reina sobre la mesa.

El Rey se cayó de espaldas y permaneció tumbado e inmóvil tanto tiempo que Alicia se alarmó un poco y buscó por la habitación algo de agua para echársela encima, pero no encontró más que un tintero y cuando regresó con él vio que se había recuperado. El Rey y la Reina susurraban asustados en voz tan baja que Alicia apenas pudo oírles. El Rey decía:

—¡Te lo aseguro, querida, se me han helado hasta las patillas!

A lo que la Reina contestó:

—Pero si tú no tienes patillas...

—¡No olvidaré nunca el miedo que he pasado —exclamó el Rey—, nunca, *nunca*!

—Pues se te olvidará —dijo la Reina—, a no ser que te lo apuntes.

Alicia observó con gran interés cómo el Rey sacó un enorme cuaderno de notas de su bolsillo y empezó a escribir. De pronto tuvo una ocurrencia y agarró el extremo del lápiz que sobresalía por encima del hombro del Rey y empezó a escribir por él.

El pobre Rey se quedó perplejo y desanimado, trató de luchar contra su propio lápiz un rato sin decir nada, pero Alicia era mucho más fuerte que él y al final resopló:

—¡Querida, debería comprarme un lápiz más fino! No consigo hacerme con éste; escribe un montón de cosas que no quiero decir...

—A ver, ¿qué tipo de cosas? —preguntó la Reina mientras miraba el cuaderno en el que Alicia había escrito «El Caballo Blanco se desliza por el atizador. Mantiene mal el equilibrio»—. ¡Pero si esto no es nada que *tú* hayas pensado!

Sobre la mesa que quedaba junto a ella había un libro, así que lo abrió para curiosear. «Todo esto está escrito en un idioma que no conozco», pensó mientras observaba al Rey Blanco (porque seguía preocupada por él y tenía el tintero preparado por si se desmayaba otra vez), el libro decía lo siguiente:

EL JABBERWOCKY

Cuando los bejones cafaban, pesquían,
llaía la tarde en la montananza
por mares y ríos y solarenías
con sus górobes negros y sus cochinanzas.

Estuvo dándole vueltas un rato pero al final tuvo una brillante idea.

—¡Claro, es un libro del espejo! Si lo pongo delante del cristal las palabras se verán del derecho otra vez.

Éste era el poema que leyó Alicia.

EL JABBERWOCKY

Cuando los bejones cafaban, pesquían,
llaía la tarde en la montananza
por mares y ríos y solarenías
con sus górobes negros y sus cochinanzas.

Cuídate, hijo mío, del Jabberwocky
pues tiene garras y dientes muy fieros
y más todavía del pájaro Creps
porque ése es capaz de comerte entero.

El niño valiente agarró su espada
y al monstruo bromiendo persiguió un buen rato
luego se cansó de la solinata
y se echó una siesta debajo de un flaco.

El Jabberwocky muy pillo le estaba esperando
y se acercó bramando, trolando y brujendo
y todo aquel bosque de hojas de acanto
tembló acalorado y reburbuñendo.

¡Un, dos! ¡Un, dos! Le dio con la espada
unas veces rápido y otras veces lento
cortó la cabeza de la bestia parda
y volvió a su casa requetecontento.

¿En serio has matado al Jabberwocky?
Deja que te abrace, niño esplendorado,
¡Yupi, reyupi, yupi, yeyé!
Deja que te abrace, que te lo has ganado.

Cuando los bejones cafaban, pesquían,
llaía la tarde en la montananza
por mares y ríos y solarenías
con sus górobes negros y sus cochinanzas.

—Es muy bonito —dijo cuando terminó de leerlo—, ¡pero qué difícil es de entender! —Como veis, le costaba reconocer que no había entendido ni una palabra. —Es como si se me hubiese llenado la cabeza de ideas... ¡pero no sé lo que significan exactamente! Desde luego hay algo que está claro: *alguien* mató a *algo*, eso está clarísimo...

»Pero, ¡ay! —dijo Alicia poniéndose en pie de un salto—. ¡Si no me doy prisa, tendré que volver a atravesar el espejo antes de haber visto cómo es el resto de la casa! ¡Echemos un vistazo al jardín primero!

Salió de la habitación y corrió escaleras abajo... aunque no era exactamente correr lo que hacía, sino una nueva manera de descender que se había inventado para bajar las escaleras más rápida y fácilmente, como después explicó. Simplemente apoyó las puntas de los dedos por la barandilla y flotó suavemente sin ni siquiera tocar los escalones con los pies; después siguió flotando por el pasillo y, si no se hubiese agarrado al marco, habría salido de aquella forma por la puerta. Más tarde se alegró mucho de verse caminando de nuevo de manera natural, y es que ya estaba un poco cansada de tanto flotar por el aire.

Capítulo II

EL JARDÍN DE
LAS FLORES VIVIENTES

«**S**i consigo subir hasta lo alto de esa colina creo que podré contemplar una vista preciosa del jardín —se dijo Alicia—, y aquí hay un sendero que va derecho hasta allí, bueno... aunque eso de derecho es un decir (ya había caminado unos metros y a cada rato el camino hacía una curva), supongo que llegaré de todas formas, aunque ¡vaya curvas que hace! ¡Más que un sendero parece un sacacorchos! Esta desviación parece que va hacia la colina... ¡Pues no, vaya! ¡Ésta vuelve hacia la casa! En fin, probaré ésta de aquí.»

Y así lo hizo, pero cada tres pasos volvía a preguntarse si debía ir hacia arriba o hacia abajo, si debía tomar esta desviación o aquella otra, y finalmente siempre terminaba regresando sin querer a la casa, hiciera lo que hiciera. E incluso hubo una ocasión en la que dobló la curva con tanto ímpetu que no pudo evitar chocar contra ella.

—No tiene sentido ni que lo intentes —dijo Alicia, fingiendo que hablaba con la casa—; *no pienso* entrar otra vez. Estoy segura de que tendría que pasar de nuevo a través del espejo, y ¡eso sería el fin de mis aventuras!

Con mucha resolución le dio la espalda a la casa y se dirigió hacia el sendero de nuevo, decidida a continuar hasta llegar a lo alto de la colina. Durante unos minutos la cosa pareció ir bien pero cuando ya estaba pensando que aquella vez iba a conseguirlo el sendero dio un brusco giro y la envió (tal como trató de explicar luego) directamente a la puerta de entrada.

—¡Esto es horroroso! —gritó—. ¡Nunca en mi vida había visto una casa que se pusiera en mitad del camino todo el rato! ¡Nunca!

A pesar de todo la colina seguía a la vista y no podía hacer nada más que intentarlo de nuevo. En aquella ocasión caminó hasta un macizo de flores rodeado de margaritas y en cuyo centro había un gran sauce.

—Ay, Azucena —dijo Alicia dirigiéndose a una de las flores a las que la brisa balanceaba dulcemente—, *me encantaría* que pudieras hablar...

—Por supuesto que puedo hablar —contestó la Azucena—, siempre y cuando la conversación merezca la pena.

Alicia se quedó tan sorprendida que apenas pudo decir nada durante un minuto, era como si se hubiese quedado muda. Finalmente, y como veía que la Azucena seguía balanceándose con la brisa, volvió a dirigirse a ella con voz muy tímida:

—¿Y pueden hablar *todas* las flores?

—Tan bien como tú —contestó la Azucena—, y mucho más alto además.

—Nunca lo hacemos nosotras primero por educación —dijo la Rosa—, pero ya me estaba preguntando cuándo te ibas a decidir tú a empezar. «Su cara resulta interesante —me estaba diciendo a mí misma—, aunque desde luego no parece muy inteligente.» En fin, por lo menos tu color no está mal, y con eso ya se tiene mucho ganado...

—A mí el color me importa menos —comentó la Azucena—, pero si sus pétalos estuviesen un poco más ondulados hacia arriba, quedaría mejor.

A Alicia no le agradaba que la criticaran de aquella manera, de modo que decidió ser ella la que hiciera las preguntas.

—¿No les da miedo a veces estar plantadas aquí, donde no hay nadie que las pueda cuidar correctamente?

—Tenemos un árbol muy cerca de nosotras —dijo la Rosa—. ¿Qué más se puede pedir?

—¿Pero qué podría hacer el árbol si se vieran ustedes en peligro? —preguntó Alicia.

—Podría silbar —contestó la Rosa.

—Por eso dice «sssssshhhh» —añadió la Margarita—, porque silba cuando le da la brisa.

—¿Cómo es posible que no lo supieras? —preguntó otra margarita, y en un segundo se pusieron a hablar todas a la vez aquí y allá, hasta que el aire pareció colmarse de una infinidad de voces chillonas.

—¡Silencio todas! —gritó la Azucena inclinándose de un lado a otro y temblorosa de excitación—. Se aprovechan de que no puedo alcanzarlas —comentó dirigiéndose a Alicia—; si no, no se atreverían...

—No se preocupe —contestó Alicia para tranquilizarla y, agachándose frente a las margaritas, que ya empezaban a chillar otra vez, les dijo—: Como no os calléis os arranco a todas.

Se callaron al instante. Y hasta hubo una margarita rosa que se puso blanca de golpe.

—Mucho mejor —continuó la Azucena—; las margaritas son lo peor que hay, basta que hable una para que se pongan a chillar todas a la vez. ¡Le dan a una ganas de marchitarse!

—¿Y cómo es posible que habléis tan bien? —preguntó Alicia, intentando cambiar el tono de la conversación por uno más amable—. He estado en muchos jardines en mi vida, pero nunca había visto uno en el que las flores hablaran.

—Toca el suelo con la palma de tu mano —contestó la Azucena— y lo entenderás.

Alicia obedeció.

—Está muy duro —dijo—, pero sigo sin entenderlo.

—En la gran mayoría de los jardines —explicó la Azucena— rastrillan el suelo demasiado y, como está tan blando, las flores se duermen constantemente.

Aquello sonaba muy convincente y Alicia se puso contenta de haber descubierto la razón.

—¡Vaya! La verdad es que nunca lo había pensado —dijo.

—Tampoco es que tengas aspecto de *pensar* demasiado —comentó la Rosa, con un tono más bien insultante.

—De hecho, creo que nunca había visto en mi vida a nadie que pareciera más tonta que tú —añadió la Violeta tan rápidamente que Alicia casi se sorprendió, porque hasta ese momento no había dicho nada.

—¡Esa lengua! —gritó la Azucena—. ¡Como si hubieses visto tú a muchas personas! ¡Te pasas el día roncando con la cabeza metida entre las hojas! ¡Te enteras menos de lo que pasa en el mundo que un capullo sin abrir!

—¿Pero es que hay más personas en este jardín aparte de mí? —preguntó Alicia, fingiendo que no había escuchado el comentario de la Rosa.

—Hay otra flor en el jardín que se puede mover de un lado a otro como tú, me pregunto cómo lo hacéis —dijo la Rosa.

—Siempre se lo está preguntando —apuntó la Azucena.

—¿Y se parece a mí? —preguntó Alicia interesada ante la posibilidad de que hubiera otra niña en el jardín.

—Tiene una forma más o menos parecida a la tuya —dijo la Rosa—, pero su color es más rojo, y juraría que sus pétalos son más cortos también.

—Son más recogidos y prietos, como los de la Dalia —dijo la Azucena—; no están hechos un desastre como los tuyos.

—Pero bueno, eso tampoco es culpa *suya* —añadió amablemente la Rosa—; claramente está empezando a marchitarse, y ya se sabe que los pétalos se arrugan entonces.

A Alicia aquella idea de marchitarse no le resultó demasiado agradable, de modo que prefirió cambiar de tema:

—¿Y aparece por aquí con frecuencia?

—Me atrevería a decir que vas a verla muy pronto —dijo la Rosa—; es una de esas flores de nueve puntas, ¿sabes?

—¿Y dónde las lleva? —preguntó Alicia con curiosidad.

—¿Que dónde las lleva? Pues en la cabeza, por supuesto —replicó la Rosa—. De hecho, cuando te vi pensé que tú también las tendrías, me parecía que debía ser lo propio de vuestro tipo.

—¡Ya llega! —gritó la Espuela de Caballero—. Puedo oír sus pasos por la gravilla del camino... Pom... Pom... Pom...

Cuando Alicia se dio la vuelta comprobó que se trataba de la Reina Roja. «¡Vaya, cuánto ha crecido!», exclamó. Y es que la primera vez que Alicia la vio entre las cenizas apenas medía unos centímetros y ahora era media cabeza más alta que ella.

—No hay duda de que es por el aire fresco, este maravilloso aire fresco que tenemos aquí —dijo la Rosa.

—Creo que iré a encontrarme con ella —dijo Alicia, y es que, aunque las flores eran bastante interesantes, le atraía mucho más la idea de hablar con una auténtica Reina.

—En esa dirección nunca te reunirás con ella —dijo la Rosa—, *yo* te recomendaría que tomaras la dirección opuesta.

Aquello le pareció absurdo a Alicia, de modo que no le hizo ningún caso y sin decir nada se dirigió hacia donde estaba la Reina, pero para su sorpresa la perdió de vista de inmediato y volvió a darse de bruces contra la puerta de la casa.

Un poco contrariada, deshizo el camino por el que había venido y después de buscar a la Reina por todas partes la encontró al fin, pero a una buena distancia. Pensó entonces que en aquella ocasión probaría a caminar en la dirección contraria.

Funcionó a la perfección. Apenas llevaba un minuto caminando cuando se encontró cara a cara con la Reina Roja y muy cerca además de la tan ansiada colina.

—¿De dónde vienes? —preguntó la Reina—. ¿Y a dónde vas? Levanta esa barbilla, háblame con respeto y deja de retorcerte los dedos detrás de la espalda.

Alicia obedeció todas las indicaciones y le explicó lo mejor que pudo que había perdido su camino.

—No sé lo que querrás decir con *tu* camino —respondió la Reina—, todos los caminos que ves a tu alrededor son *míos*. Pero en fin —añadió en un tono más amable—, ¿cómo has acabado por aquí? Te aconsejo que hagas una reverencia mientras lo piensas, se ahorra mucho tiempo.

A Alicia le sorprendió un poco el consejo, pero la Reina le imponía demasiado como para no obedecerla de inmediato. «Creo que volveré a probarlo cuando esté en casa —pensó—, la próxima vez que llegue tarde a cenar.»

—Ya puedes responder —dijo la Reina mirando su reloj—, y no olvides abrir la boca un poco más y añadir siempre «Majestad» al final.

—Sólo quería ver el jardín, Majestad.

—Eso está muy bien —dijo la Reina dándole unos golpecitos en la cabeza que a Alicia no le gustaron nada—; aunque llamar a esto «jardín»... Si tú supieras los jardines que *yo* he visto, a esto lo llamarías desierto.

Alicia no se atrevió a dudarlo, de modo que continuó diciendo:

—En realidad trataba de encontrar el camino para llegar a lo alto de esa colina.

—Si tú supieras las colinas que yo he visto —interrumpió la Reina—, a eso lo llamarías valle.

—No lo creo —contestó Alicia un poco sorprendida de haberle llevado la contraria a la Reina—, una colina no puede ser un valle, eso sería bastante absurdo...

La Reina negó solemnemente con la cabeza.

—Si tú supieras los absurdos que yo he oído, a eso lo llamarías más bien una ley irrefutable.

Alicia hizo una reverencia porque le pareció por el tono que la Reina estaba *un poquito* ofendida y caminaron en silencio hasta que llegaron a lo alto de la pequeña colina.

Durante un rato, Alicia permaneció en silencio contemplando aquel extraño paisaje en todas las direcciones. Había una serie de pequeños arroyos que atravesaban el campo de parte a parte formando líneas rectas. La tierra que quedaba entre ellos había sido dividida otra vez en cuadrados separados por nuevas hileras de verdes setos hasta donde alcanzaba la vista.

—¡Es como si fuera un tablero de ajedrez! Sólo faltan las piezas... ¡Y ahí están, veo unos hombres que se mueven! —dijo con alegría y excitación, mientras sentía que su corazón comenzaba a latir con fuerza—. ¡Es una enorme partida de ajedrez que está jugando el mundo entero! Bueno, quiero decir, si es que *esto* es el mundo... ¡Qué divertido! ¡Me encantaría ser una de las fichas! No me importaría ser un peón con tal de participar, aunque claro, lo que más me *gustaría* es ser la Reina.

Y cuando dijo aquello miró de reojo y con timidez a la verdadera Reina, pero su compañera se limitó a sonreír complacida y contestó:

—Eso puede arreglarse. Podrías ser el peón de la Reina Blanca. Al fin y al cabo Lily es todavía demasiado joven para poder jugar y tú estás ya en la segunda casilla, si llegas a la octava podrías convertirte en Reina.

Y al llegar a ese punto, sin saber muy bien por qué ni cómo, empezaron a correr. Cuando lo pensó más tarde Alicia todavía no alcanzaba a comprender cómo había sucedido, todo lo que recordaba era que ya estaba corriendo tomada de la mano con la Reina y que la Reina corría tan rápido que apenas podía seguirle el ritmo. Aun así la Reina no paraba de gritar:

—¡Más rápido, más rápido!

Alicia sintió que no podría correr más rápido aunque quisiera, pero ni siquiera tenía aliento para contestar a la Reina. Y lo más extraño de todo era que los árboles y todas las cosas que estaban a su alrededor no cambiaban de lugar, por muy rápido que corrieran no conseguían dejar nada atrás. «Me pregunto si las cosas se mueven con nosotras», pensó Alicia confusa, pero la Reina pareció adivinar sus pensamientos porque gritó:

—¡Más rápido! ¡No intentes hablar!

Y no es que Alicia tuviera intención de *hacerlo*. En realidad estaba tan exhausta que tenía la sensación de que ya no iba a poder hablar nunca más en toda su vida. La Reina volvió a gritar sin dejar de arrastrarla:

—¡Más rápido, más rápido!

—¿Queda mucho? —consiguió decir Alicia.

—¿Que si queda mucho? —preguntó la Reina—. ¡Pero si ya pasamos el lugar hace diez minutos! ¡No te pares! ¡Más rápido!

Durante un rato corrieron en silencio. El viento le silbaba en los oídos con tanta fuerza y arrastraba de tal modo sus cabellos que por un instante tuvo la sensación de que se iba a quedar calva.

—¡Vamos! ¡Vamos! —gritó la Reina—. ¡Más rápido, más rápido!

Y corrieron tan rápido que Alicia tuvo la sensación de que sus pies apenas tocaban el suelo y eran tan veloces como el aire. Finalmente se detuvieron de golpe y Alicia se sentó en el suelo, mareada y sin aliento. La Reina la ayudó amablemente a apoyarse contra el árbol y le dijo:

—Puedes descansar un poco, si quieres.

Alicia miró a su alrededor totalmente sorprendida.

—¿Es que hemos estado todo este tiempo bajo el mismo árbol? ¡El sitio es exactamente el mismo!

—Por supuesto que es exactamente el mismo sitio —dijo la Reina—. ¿Dónde querías estar?

—En *mi* país —dijo Alicia tratando de recuperar el aliento—, si corres durante tanto tiempo como hemos corrido nosotras, normalmente llegas a otro sitio.

—¡Pues vaya un país lento! —comentó la Reina—. En este país, como acabas de comprobar, tienes que correr todo lo rápido que puedas para permanecer en el mismo sitio y si quieres avanzar hacia delante tienes que correr dos veces más rápido.

—Entonces prefiero no intentarlo —respondió Alicia—. Al fin y al cabo no se está tan mal en este sitio. ¡Aunque hace tanto calor y tengo tanta sed!

—Sé exactamente en lo que estás pensando —dijo la Reina muy afable mientras se sacaba del bolsillo una cajita—. ¿Verdad que te apetece una galleta?

Alicia pensó que no sería muy educado por su parte responder que no, aunque desde luego era lo último que deseaba en aquel momento. La cogió y trató de comérsela como pudo. Estaba tan seca que pensó que iba a morir atragantada.

—Y mientras tú te refrescas —dijo la Reina—, yo aprovecharé para tomar medidas.

Sacó una cinta métrica del bolsillo y comenzó a medir el terreno marcándolo con unos palitos de madera aquí y allá.

—Cuando lleguemos a los dos metros —dijo la Reina mientras clavaba un palito para marcar la distancia— te diré lo que tienes que hacer. ¿Quieres otra galleta?

—No, gracias —contestó Alicia—; creo que con una he tenido bastante.

—¿Ya se te ha pasado la sed, verdad? —preguntó la Reina. Alicia no supo qué contestar, pero por suerte la Reina tampoco parecía esperar ninguna respuesta y continuó diciendo—: Cuando lleguemos a los tres metros te repetiré lo que tienes que hacer, no sea que lo olvides, cuando lleguemos a cuatro te diré *adiós* y cuando lleguemos a cinco ya me habré ido.

Los palitos ya estaban todos distribuidos por el terreno y Alicia los observó con curiosidad mientras la Reina regresaba hacia el árbol caminando lentamente por el sendero. Cuando llegó al palito que marcaba los dos metros dio media vuelta y dijo:

—Ya sabes que un peón puede avanzar dos casillas en su primer movimiento. Luego tendrás que ir todo lo rápido que puedas hasta la tercera —te recomiendo que lo hagas en tren—, y desde allí no tardarás demasiado en llegar a la cuarta. Es importante que sepas que esa casilla pertenece a Tweedledum y Tweedledee. La quinta casilla es un pantano y la sexta es de Humpty Dumpty... ¿No dices nada?

—No... no sabía que tenía que decir algo justo ahora... —dijo Alicia con la voz temblorosa.

—¡Por supuesto que tenías que decir algo! —contestó severamente la Reina—. ¡Tenías que agradecerme lo extremadamente amable que soy al contarte todo esto! En fin, fingiré que lo has dicho. La séptima casilla es un bosque —pero uno de los Caballeros te enseñará el camino— y en la octava casilla seremos Reinas las dos, y haremos una fiesta para celebrarlo.

Alicia se levantó para hacer una reverencia, y luego se sentó de nuevo. Al llegar a la siguiente marca la Reina se volvió otra vez:

—Habla en francés cuando no te acuerdes de la palabra en español, cuando camines, saca hacia afuera ligeramente la punta de los pies y nunca olvides quién eres.

Aquella vez ni siquiera esperó a que Alicia le hiciera una reverencia, avanzó hasta la siguiente marca, se volvió para decir *Adiós,* y desde allí se apresuró hasta la última.

Cómo ocurrió es algo que Alicia nunca pudo adivinar, pero en el mismo momento en el que la Reina llegó al último palito ya había desaparecido. Puede que se desvaneciera en el aire o que saliera corriendo hacia el bosque (¡y vaya si podía correr rápido!), lo cierto era que no había manera de saberlo, de modo que Alicia se puso a pensar en que ahora era un peón y que muy pronto le tocaría avanzar.

Capítulo III

LOS INSECTOS DEL ESPEJO

Desde luego lo primero que tenía que hacer era medir aquel terreno por el que iba a viajar. «Debe de ser algo parecido a estudiar geografía», pensó Alicia mientras se ponía de puntillas con la esperanza de ver un poco más allá.

—Ríos importantes... *ninguno* a la vista. Montañas visibles... estoy en la única que hay, pero no creo que tenga nombre. Pueblos principales... ¡vaya! ¿Qué son esas criaturas que están haciendo miel allí abajo? No pueden ser abejas... si no, no las podría ver a tantos kilómetros de distancia...

Y durante un rato se quedó en silencio observando a una de ellas que parecía ajetreada entre las flores hundiendo en ellas su trompa «como si fuera una abeja normal», pensó Alicia.

Pero no tenía nada que ver con una abeja normal: de hecho Alicia se dio cuenta de pronto de que se trataba de un elefante. La idea la dejó muda al principio. «¡Pues tienen que ser unas flores enormes! —pensó después—, casi tan grandes como una casa de campo, sólo que sin tejado y con un tallo en el centro... ¡y menuda cantidad de miel saldrá de ahí! Creo que iré y... no, no iré todavía —siguió pensando mientras corría colina abajo, como si tuviera que encontrar una razón para haberse arrepentido tan de repente—. Sería un poco peligroso bajar a verlos sin tener por lo menos una buena rama para espantarlos... Y qué divertido cuando le cuente a alguien este paseo. Diré: "¡Oh, habría sido un paseo precioso... —aquí hizo su gesto favorito con la cabeza— si no hubiese sido porque *había* tanto polvo y hacía tanto calor, y los elefantes me *molestaron* tanto!"»

—Creo que bajaré por el otro lado —dijo después de hacer una pausa—, quizá visite a los elefantes más tarde. ¡Tengo tantas ganas de llegar a la tercera casilla!

Así que con esa excusa corrió colina abajo y cruzó de un salto los primeros arroyuelos.

—¡Billetes, por favor! —dijo el Revisor metiendo la cabeza en la ventanilla.

Todos sacaron sus billetes enseguida, unos billetes tan grandes como una persona, que llenaron de pronto todo el vagón.

—¿Y tu billete, niña? —preguntó el Revisor con tono enojado mirando a Alicia. Todas las voces contestaron al unísono («como el estribillo de una canción», pensó Alicia):

—¡No le hagas esperar, niña! ¡Su tiempo vale oro puro!

—Me temo que no tengo billete —contestó Alicia un poco asustada—, donde tomé el tren no había taquilla...

Y de nuevo cantó el coro de voces:

—No había taquilla donde tomó el tren. ¡La tierra allí vale oro puro!

—No hay excusa que valga —replicó el Revisor—, deberías haberle comprado uno al Conductor.

Y una vez más saltó el coro de voces:

—El Conductor, el Conductor. ¡Sólo el humo que echa su tren vale oro puro!

Alicia pensó: «Creo que no tiene mucho sentido decir nada». Las voces no se unieron *esta* vez porque ella no había dicho nada en voz alta, pero para su sorpresa todos *pensaron en coro* (espero que sepáis lo que significa *pensar en coro*... aunque debo confesar que *yo* mismo no lo sé con exactitud): «Mejor no decir nada. ¡Las palabras valen oro puro!».

«Creo que ya sé con qué voy a soñar esta noche: con oro puro», pensó Alicia. Durante todo aquel rato el Revisor había estado observándola, primero con un telescopio, luego con un microscopio y finalmente con unos prismáticos.

—Viajas en dirección contraria —dijo, cerró la ventanilla y se fue.

—Una niña tan joven —comentó el caballero que estaba frente a ella (iba vestido de papel blanco)— puede olvidar su nombre, ¡pero nunca en qué dirección va!

Y la Cabra que estaba sentada junto al caballero de blanco, cerró los ojos y dijo en voz alta:

—¡Se puede olvidar fácilmente el abecedario, pero nunca dónde están las taquillas!

Había un Escarabajo sentado junto a la Cabra (el vagón entero estaba lleno de pasajeros extraños), y como la norma parecía ser que todos hablaran por turnos, cuando llegó el *suyo* dijo:

—¡Tendrá que hacer el viaje en condición de maleta!

Alicia no podía ver quién estaba sentado junto al Escarabajo, pero lo siguiente que se escuchó fue una voz ronca que decía:

—Cambien motores... —Pero algo pareció ahogar aquella voz, que se calló de inmediato.

«Parecía un caballo», pensó Alicia, y una voz diminuta muy cerca de ella le susurró en voz muy baja:

—Podrías hacer una broma con eso... algo como: «el caballo se calló porque le pisaron un callo».

Y otra voz muy dulce que parecía estar muy lejos dijo:

—Deberían ponerle una etiqueta que dijera: «Niña, frágil», ¿no?

«¡Qué cantidad de personas hay en el vagón!», pensó Alicia, mientras oía otras voces que decían:

—En realidad tendría que ir por correo, porque tiene la cabeza como la de un sello...

—¿Y por qué no por telegrama?

—En mi opinión es ella la que tendría que arrastrar el tren el resto del trayecto...

Y así durante todo el rato. Fue el caballero vestido de papel el único que se inclinó hacia ella y le susurró al oído:

—No hagas caso de lo que digan, querida, y compra un billete de vuelta cada vez que pare el tren.

—¡Por supuesto que no lo haré! —contestó Alicia muy impaciente—. ¡Yo no me quería montar en este tren... estaba en el bosque hace un momento... ojalá pudiera volver allí!

—Podrías hacer una broma con eso —repitió la vocecita susurrando en el oído de Alicia—, algo parecido a: «como ustedes ven, no quería montarme en este tren».

—No se burle de mí —protestó Alicia mirando en vano a su alrededor para ver de dónde venía la voz—. Si tiene tantas ganas de verme hacer una broma, ¿por qué no la hace usted mismo?

La vocecita suspiró profundamente. Parecía evidente que las palabras de Alicia la habían dejado *muy triste*. Pensó que ahora le gustaría decir algo que pudiera consolarla un poco. «¡Si por lo menos suspirara como las demás personas!», pensó. Y es que el suspiro había sido tan pequeño que no lo habría oído en absoluto de no haber estado *tan* cerca de su oreja. Además, el suspiro le había hecho cosquillas en la oreja, y eso hacía un poco difícil atender a la tristeza de la pobre criaturita.

—Sé que eres mi amiga —siguió diciendo la vocecita—, una amiga muy buena y cariñosa y que no me harás ningún daño aunque sea un insecto.

—¿Qué clase de insecto? —preguntó Alicia un poco inquieta. Lo que realmente quería saber era si picaba o no, pero no le pareció demasiado correcto preguntarlo abiertamente.

—Pero, ¿entonces no...? —empezó a decir la vocecita cuando el sonido se ahogó con el estridente silbido del motor y todos se pusieron de pie alarmados, incluida Alicia.

El Caballo había sacado la cabeza por la ventanilla, la volvió a meter y dijo:

—No es más que un arroyo que tenemos que saltar.

Todos parecieron sentirse más tranquilos al oír aquello, aunque a Alicia no le daba ninguna seguridad aquello de que los trenes saltaran. «Es un alivio pensar que por lo menos nos llevará a la cuarta casilla», pensó. Un segundo después sintió como si el vagón se levantara en el aire y del susto se agarró a lo primero que encontró a mano: las barbas de la Cabra.

Pero las barbas parecieron desvanecerse en el aire en cuanto las tocó, y de un segundo a otro se encontró tranquilamente sentada bajo un árbol. El Mosquito (porque aquél era el insecto con el que había estado hablando) se balanceaba abanicándola con sus alas sobre una ramita que había justo encima de su cabeza.

Sin duda era un Mosquito muy grande: «del tamaño de un pollo», pensó Alicia, pero como en realidad ya habían estado hablando un buen rato, Alicia no se puso nerviosa.

—¿Y cuáles son los insectos que *no* te gustan? —preguntó el Mosquito, como si nada hubiera pasado.

—Cuando pueden hablar, me gustan todos —contestó Alicia—. Allí de donde *yo* vengo, no he visto hablar a ninguno.

—¿Y qué insectos te gustan muchísimo de allí de donde vienes? —preguntó el Mosquito.

—*Gustar muchísimo* no es exactamente la expresión adecuada —explicó Alicia—, porque me dan mucho miedo... sobre todo cuando son grandes. Pero te puedo decir los nombres de algunos de ellos.

—Si tienen nombres, entonces responderán cuando les llames —comentó el Mosquito.

—No sabía que lo hicieran.

—¿Qué sentido tiene que tengan nombres —preguntó el Mosquito— si no responden cuando se les llama?

—Supongo que para *ellos,* ninguno —contestó Alicia—, pero aun así son muy útiles para quienes los nombran. O, si no, ¿por qué habrían de tener nombre todas las cosas?

—No sabría decirte —replicó el Mosquito—, pero observa: más allá, en ese bosque de ahí abajo, las cosas no tienen nombre... Pero sigue con tu lista de insectos, no nos despistemos.

—Bueno, pues está el Tábano —empezó Alicia enumerando los nombres con los dedos.

—¡Interesante! —dijo el Mosquito—. También aquí: si miras un poco más arriba del arbusto, verás un Tábano-balancín. Está completamente hecho de madera y se mueve balanceándose de rama en rama.

—¿De qué vive? —preguntó Alicia con gran curiosidad.

—De savia y serrín —respondió el Mosquito—. Pero sigue con tu lista.

Alicia observó con gran interés al Tábano-balancín, estaba tan brillante y pegajoso que pensó que debían de haberlo pintando hacía poco. Continuó:

—Y está la Libélula...

—Mira en la rama encima de tu cabeza —dijo el Mosquito—, y allí verás una Libélula-merienda. Está hecha de pudín de ciruela, las alas son de hojas de acebo, y la cabeza es una uva flambeada con brandi.

—¿Y de qué vive? —preguntó Alicia de nuevo.

—De pudín de trigo y empanada de carne —contestó el Mosquito—, y hace su nido en una caja de Navidad.

Alicia observó un buen rato a aquel insecto de cabeza incendiada y se le ocurrió que tal vez aquélla era la razón por la que a los insectos les gustaba

tanto volar alrededor de las velas, porque querían convertirse en Libélulas-merienda. Continuó con su lista:

—También está la Mariposa...

—Mira quién se arrastra hacia tus pies —dijo el Mosquito y Alicia se apartó alarmada—. ¿La ves? Es una Mariposa-pan-con-mantequilla. Las alas son finas rebanadas de pan; el cuerpo es una corteza y la cabeza es un terrón de azúcar.

—¿Y de qué vive *ésa*?

—De té ligero con crema.

A Alicia se le ocurrió un inconveniente:

—¿Y si no lo encontrara? —sugirió.

—Entonces moriría, naturalmente.

—Pero eso ocurrirá muy a menudo —comentó Alicia con aire pensativo.

—Constantemente —dijo el Mosquito.

Alicia permaneció en silencio durante unos minutos, pensando sobre aquello. El Mosquito se divirtió entretanto zumbando alrededor de su cabeza y finalmente se posó de nuevo y comentó:

—Supongo que no te gustaría perder tu nombre.

—Claro que no —replicó Alicia un poco nerviosa.

—Y sin embargo... —continuó el Mosquito en tono desconsiderado— ¡Piensa tan sólo en lo cómodo que sería volver a casa sin él! Por ejemplo, si la institutriz quisiera llamarte para ir a clase, diría «Ven aquí...» y ahí tendría que callarse, y como no te podría llamar por ningún nombre, no tendrías que ir...

—Estoy segura de que eso no funcionaría nunca —dijo Alicia—, y no creo que la institutriz me perdonara ir a clase por esa razón. Si no se acordara de mi nombre, me llamaría «Señorita» como hacen los criados.

—Bueno, si dijera «Señorita» y nada más —comentó el Mosquito— tú podrías decir: «¡Ah, pensaba que era *otra señorita*...!». Es broma. Ojalá se te hubiese ocurrido a ti.

—¿Y por qué a *mí*? —preguntó Alicia—. Es una broma malísima.

Cuando Alicia dijo aquello el Mosquito suspiró profundamente y le corrieron dos lágrimas enormes por las mejillas.

—No deberías hacer bromas, si te ponen tan triste.

A aquello siguieron varios pequeños suspiros más y, tras ellos, un enorme suspiro melancólico tan intenso que el Mosquito pareció disolverse en él porque cuando Alicia levantó la mirada ya no consiguió ver nada sobre la ramita. Se había quedado un poco fría después de haber estado sentada tanto tiempo, así que se puso en pie y comenzó a caminar.

Enseguida llegó a un prado abierto con un bosque al otro lado: parecía mucho más oscuro que el otro bosque y a Alicia le asustó un poco adentrarse en él. Sin embargo, después de pensarlo dos veces, decidió seguir adelante: «desde luego, no voy a volver atrás», pensó, y aquél parecía el único camino a la octava casilla.

—Éste debe de ser el bosque donde las cosas no tienen nombre. Me pregunto qué será de *mi* nombre cuando entre. No me gustaría perderlo porque tendrían que darme otro y estoy casi segura de que sería uno bastante feo. De todas formas sería divertido perderlo y luego buscar a la criatura que se haya quedado con mi nombre... se parecería a los anuncios, como cuando alguien pierde un perro: «*responde al nombre de Centella, llevaba un collar de metal*»... Yo tendría que ir gritando «Alicia» hasta que alguien contestara, aunque si supiera lo que le espera, no contestaría...

Iba divagando de aquella manera cuando llegó al bosque. Parecía frío y sombrío.

—Bueno, de todas maneras es un alivio —dijo mientras caminaba bajo los árboles—, después de haber pasado tanto calor, entrar en este... en este... ¿en este *qué*? —continuó muy sorprendida de no poder recordar la palabra—. Quiero decir, pasar por debajo de... debajo de... ¡de *esto*! —y puso la mano en el tronco de un árbol—. Me pregunto cómo se llamará, aunque creo que no tiene nombre. ¡No, no lo creo, estoy segura de que no lo tiene!

Alicia se quedó pensativa un momento y después empezó a hablar de nuevo:

—¡Vaya, entonces *ha pasado* de verdad! Y ahora, ¿quién soy yo? ¡Trataré de recordarlo si puedo! ¡Estoy dispuesta a hacerlo! —Pero estar dispuesta no pareció ayudar demasiado y todo lo que pudo decir después de romperse mucho la cabeza fue—: ¡L, *sé* que empieza por L!

Justo entonces llegó paseando un Cervatillo y miró a Alicia con sus enormes ojos dulces sin asustarse lo más mínimo.

—¡Ven aquí! ¡Ven aquí! —dijo Alicia levantando la mano y deseando acariciarlo, pero el Cervatillo dio unos pasos atrás y se quedó observándola.

—¿Cómo te llamas? —preguntó por fin el Cervatillo. ¡Qué voz más dulce tenía!

«¡Ojala lo supiera!», pensó la pobre Alicia. Contestó muy triste:

—Ahora mismo, nada.

—Piénsalo otra vez —dijo—, eso no vale.

Alicia pensó pero no se le ocurrió nada.

—Por favor, ¿podrías decirme cómo te llamas *tú*? —preguntó tímidamente—. Tal vez eso me ayudaría un poco.

—Te lo diré si vamos un poco más adelante —contestó el Cervatillo—. No puedo recordarlo *aquí*.

Así que caminaron juntos por el bosque. Alicia lo abrazaba cariñosamente del cuello hasta que salieron a otro prado. Allí el Cervatillo pegó un salto de pronto y se liberó de los brazos de Alicia.

—¡Soy un Cervatillo! —gritó encantado—. ¡Y ay de mí! ¡Tú eres una niña!

Sus preciosos ojos marrones se llenaron de repente de una expresión de terror y en un segundo salió disparado como una flecha.

Alicia se quedó mirando cómo se alejaba, casi a punto de echarse a llorar por el disgusto de haber perdido a su querido compañero de viaje tan repentinamente.

—Por lo menos ahora sé mi nombre de nuevo, y eso es un consuelo. Alicia... Alicia... no lo volveré a olvidar. Y ahora, me pregunto cuál de estas señales debo seguir.

Realmente no era una pregunta muy difícil de responder porque sólo había un camino a través del bosque.

—Lo decidiré cuando se divida el camino y señalen varias direcciones.

Pero de momento aquello no parecía muy probable. Anduvo y anduvo mucho tiempo pero cuando el camino se dividió había dos postes que señalaban hacia el mismo lado. En uno ponía «A LA CASA DE TWEEDLEDUM» y en el otro «A LA CASA DE TWEEDLEDEE».

—Da la impresión —dijo por fin Alicia— ¡de que viven en la misma casa! Me pregunto por qué no lo habré pensado antes... Pero no me quedaré mucho tiempo. Simplemente llamaré y diré: «¿Qué tal estáis?», y luego les preguntaré cómo puedo salir del bosque. ¡Ojalá pueda llegar a la octava casilla antes de que anochezca!

Y de aquel modo siguió paseando hablando consigo misma hasta que, al doblar una esquina, se topó con dos hombrecillos regordetes tan de repente que no pudo evitar un respingo y dar marcha atrás, pero enseguida se recuperó porque estaba segura de que tenían que ser...

Capítulo IV

TWEEDLEDUM Y TWEEDLEDEE

Estaban bajo un árbol, los dos con el brazo sobre los hombros del otro, y Alicia supo quién era quién desde el primer momento, porque uno de ellos llevaba bordado en el cuello «DUM» y el otro «DEE». «Supongo que detrás del cuello los dos llevarán bordado "TWEEDLE"», pensó.

Estaban tan quietos que durante un instante se olvidó de que también estaban vivos, y cuando se disponía a caminar tras ellos para ver si en los cuellos estaba bordado aquello de «TWEEDLE» se sobresaltó porque oyó que una voz salía del que tenía bordado «DUM».

—Si crees que somos figuras de cera, tienes que pagar antes de vernos —dijo—. A las figuras de cera no se las puede ver gratis. No, señor.

—Pero si por el contrario... —añadió el que llevaba escrito «DEE»— crees que estamos vivos, entonces deberías hablarnos.

—Por supuesto, lo siento muchísimo —fue todo lo que a Alicia se le ocurrió responder, y es que las palabras de aquella vieja canción no paraban de sonar en su cabeza como el segundero de un reloj. Tanto era así, que no pudo evitar decirlas en voz alta:

Tweedledum y Tweedledee
se pegaron con denuedo;
Tweedledum a Tweedledee
le rompió su sonajero.

Del cielo un cuervo bajó
tan negro como la brea
y tal susto les pegó
que olvidaron la pelea.

—Sé perfectamente lo que estás pensando —dijo Tweedledum—, pero no es así. No, señor.

—O, por el contrario —continuó Tweedledee—, si es así, podría ser de otra manera, y si así fuera, sería otra cosa, pero como no es, pues no es, evidentemente.

—Estaba pensando —contestó Alicia muy educada— en cuál sería el mejor camino para salir de este bosque porque ya está oscureciendo. ¿Podrían ayudarme, por favor?

Pero aquellos hombres bajitos y regordetes no contestaron nada y se limitaron a mirarse con pillería. Tenían un aspecto tan parecido al de dos colegiales grandullones que Alicia no pudo evitar señalar con el dedo a Tweedledum y decirle:

—A ver, chico, contesta tú.

—No, señor —gritó Tweedledum bruscamente y luego cerró la boca de golpe.

—Pues tú, entonces —Alicia señaló a Tweedledee aunque tenía la seguridad de que iba a contestar «¡Por el contrario!», cosa que así hizo, efectivamente.

—Has empezado fatal —dijo Tweedledum—. Lo primero que hay que hacer cuando uno conoce a alguien es preguntarle: «¿Cómo está usted?», y luego darle la mano.

Los dos hermanos se dieron la mano, se abrazaron y, sin soltarse, le dieron a Alicia las dos manos que les quedaban libres. Alicia no quería darle la mano en primer lugar a ninguno de los dos por temor a herir los sentimientos del otro y la única cosa que se le ocurrió para salir del apuro fue darle la mano a los dos a la vez. Un segundo después ya estaban los tres bailando en corro.

A Alicia le pareció normal (como recordó luego al contarlo) que en aquel momento sonara música y ni siquiera le extrañó que proviniera del mismo árbol bajo el que estaban bailando. Por lo que pudo ver, la música la producían las propias ramas del árbol frotándose entre ellas, como los arcos de los violines.

—La verdad es que fue muy divertido —le dijo luego a su hermana, cuando le contó todo lo que le había sucedido aquel día—; de pronto me puse a cantar «Al corro de la patata», y no sé cuándo empecé a cantarlo, pero por un instante tuve la sensación de que llevaba mucho, muchísimo tiempo haciéndolo.

Como los otros dos bailarines eran bastante regordetes no tardaron mucho tiempo en cansarse. Tweedledum se salió del corro y dejaron de bailar tan bruscamente como habían comenzado a hacerlo. La música se detuvo en ese mismo momento.

Le soltaron la mano y durante un minuto se quedaron de pie, mirándola en silencio. Fue una pausa un poco rara, sobre todo porque Alicia no sabía de qué hablar con aquellas personas con las que había estado bailando hacía un segundo. «Ya no tiene mucho sentido preguntar: "¿Cómo está usted?" —pensó—. Eso lo tendría que haber hecho antes...»

—Espero que no estén muy cansados —dijo al final.

—No, señor. Pero gracias por preocuparte —dijo Tweedledum.

—¡Un placer! —añadió Tweedledee—. ¿Te gusta la poesía?

—Sí... bastante... algunos poemas —contestó Alicia sin mucha convicción—. ¿Podrían decirme qué camino debo tomar para salir de este bosque?

—¿Qué podría yo recitar? —preguntó muy solemne Tweedledee a Tweedledum, sin prestar ninguna atención a la pregunta de Alicia.

—El más largo es *La Morsa y el Carpintero* —contestó Tweedledum dándole a su hermano un cariñoso abrazo. Y Tweedledee empezó en el acto:

> *Brillaba el sol en el cielo...*

Alicia intentó interrumpirle:

—Si es muy largo —dijo todo lo educadamente que pudo—, tal vez me podría decir primero qué camino...

Tweedledee sonrió con gentileza y comenzó otra vez:

> *Brillaba el sol en el cielo*
> *y en el mar se reflejaba*
> *enorme toda su cara*
> *roja hasta reventar,*
> *pero era raro ese empeño*
> *en querer brillar tanto*
> *porque era noche hace un rato*
> *y nadie le fue a avisar.*

La luna también brillaba
en lo alto de aquel cielo
con su resplandor sereno
y enfadada con el sol.
«Yo no entiendo lo que pasa
ni por qué el maleducado
no se va ya de mi lado
y así brille sólo yo.»

Pero el resto de las cosas
era de lo más corriente
y como dice la gente
sin mucha preocupación:
el agua estaba mojada,
caliente estaba la arena,
no había nubes en el cielo
ni barcos en flotación.

La Morsa y el Carpintero
iban andando muy juntos
y llegaron hasta el punto
de casi no poder más.
Comentaba el Carpintero
que en toda su vida entera
no había visto tanta arena
en una playa de mar.

«Sería digno de verse
—comentó allí el Carpintero—
en el mundo al barrendero
que limpiara esto de arena.»
«Ni aunque fueran cien o mil
dudo que pudiera hacerse
—la Morsa fue a responderle—
y mira que me da pena.»

«Ostras todas, buenas tardes,
—dijo la Morsa hacia el suelo—,
les presento al Carpintero,
que es un ilustre señor.
Vengan todas con nosotros
para un alegre paseo
que el tiempo se pondrá feo,
aprovechemos el sol.»

La ostra vieja era muy sabia
y vio la intención oscura
que tras la falsa dulzura
disimulaba el señor.
Dijo «no» con la cabeza
y miró a las más pequeñas
para explicarles con señas
que prestaran atención.

Pero ningún caso hicieron
cuatro de las más alegres;
sin ver al lobo los dientes
aceptaron la moción.
Eran guapas, eran finas,
y querían divertirse
porque es alegre reírse
cuando suena una canción.

Y a las cuatro más coquetas
muchas ostras se les unieron;
todas alegres salieron
cantando de debajo del mar,
y es que a aquella comitiva,
unas saltando las rocas,
otras brincando en las olas,
todas se quieren sumar.

La Morsa y el Carpintero
caminaron, caminaron,
y tras ellos llegaron
las ostras con su canción.
Pararon ya muy cansados
en una roca muy tiesa
que parecía una mesa,
menuda premonición.

«Llegó el alegre momento
—dijo la Morsa muy fina—
de hablar con nuestras vecinas
en rica conversación.
Se me ocurren muchos temas
que podrían divertirles:
barcos, peces, sales, chistes
nos darán la diversión.»

«Espere, Morsa, un segundo,
que tanto tiempo corriendo
nos ha quitado el aliento,
tenemos que descansar.
Ha de saber que aquí estamos
algunas un poco gordas,
no somos como las morsas,
pero tampoco está mal.»

«Necesito aquí al instante
—le susurró al Carpintero—
un bollo de pan entero,
que no se haga esperar.
También pimienta y vinagre,
si no, con hambre me quedo.
¡Bueno, ostras, bueno, bueno!
Que empiece nuestro manjar...»

«No nos comerá, señor»
—las ostras le respondieron,
pero el miedo les quedó
ya bien metido en el cuerpo.
«Jamás, queridas, podría
hacer semejante cosa,
contemplad mejor la noche
que se ha puesto muy hermosa.»

«Ha sido muy buena idea
esta caminata alegre,
por más que a uno le cueste
resulta muy sano andar.
Ostras, no os oigo nada
—allí dijo el Carpintero
porque seguía a su juego—.
¿Queréis que corte más pan?.»

«Corta es siempre la alegría
—dijo la Morsa muy seria—
y en verdad es una miseria
haberlas engañado así.»
El Carpintero a lo suyo
no se enteraba de nada,
seguía con la ensalada
y buscando el perejil.

La Morsa con cada ostra
una lágrima lloraba
y tras tragar se quejaba
de lo corta que es la vida.
«¡Lo siento mucho, amiguitas!,
de verdad, lo siento mucho,
el camino ha sido duro
y más dura la partida.»

El Carpintero alelado
llamó a las otras corriendo:
«Yo les propongo ir volviendo
porque ya va siendo hora».
Mas ninguna contestó
y tampoco es nada extraño;
la Morsa mostró su engaño:
se había comido a todas.

—A mí me gusta más la Morsa —dijo Alicia—, por lo menos le daban un *poco* de pena las pobrecitas ostras.

—Pero no olvides que se comió más que el Carpintero —replicó Tweedledee—, y por eso lloraba; se tapaba con el pañuelo para que el Carpintero no pudiera ver que se las estaba comiendo, o todo lo contrario.

—¡Qué malvada la Morsa! —dijo Alicia indignada—. En ese caso prefiero al Carpintero.

—Pero él también quería comérselas —replicó Tweedledum.

Aquello empezaba a resultar bastante confuso, de modo que tras pensarlo un rato Alicia dijo:

—Pues entonces *los dos* me parecen muy desagradables...

De pronto sintió miedo. Había escuchado algo parecido al sonido de una máquina de vapor y, como provenía del bosque, le pareció que podía ser alguna bestia salvaje.

—¿Hay tigres y leones por estos bosques? —preguntó tímidamente.

—No son más que los ronquidos del Rey Rojo —contestó Tweedledee.

—¡Ven, vamos a verle! —gritaron los dos a la vez y, tomando a Alicia cada uno de una mano, la llevaron hasta donde estaba durmiendo.

—¿No es *monísimo*? —dijo Tweedledum.

Pero a Alicia tampoco le pareció para tanto. Llevaba un gorro rojo de dormir muy alto con una borla en la punta y estaba acurrucado en el suelo, como una masa informe, roncando muy alto.

—¡Mírale cómo ronca! —insistió Tweedledum.

—Me da miedo que se coja un resfriado, durmiendo sobre esa hierba tan húmeda —dijo Alicia, que en el fondo era una niña muy atenta.

—Ahora está soñando —dijo Tweedledee—. ¿No te gustaría saber con qué sueña?

—Eso es imposible saberlo —contestó Alicia.

—¡Pues está soñando *contigo*! —exclamó Tweedledee, batiendo palmas encantado—. ¿Y quieres saber dónde estarías tú si el Rey no estuviese soñando contigo?

—Exactamente en el lugar en el que estoy ahora —contestó Alicia.

—¡De eso nada! —continuó Tweedledee aún más excitado—. No estarías en ninguna parte. ¿Y sabes por qué? Porque no eres más que una parte de su sueño.

—Si el Rey se despertara —añadió Tweedledum— tú te apagarías, ¡puf!, igual que una vela.

—¡No me apagaría! —gritó Alicia indignada—. Y además, si yo soy sólo un sueño, ¿qué sois vosotros?

—Lo mismo —dijo Tweedledum.

—¡Lo mismo, lo mismo! —gritó Tweedledee.

Y lo gritaban tan fuerte que Alicia tuvo que prevenirles:

—¡Silencio! Si seguís gritando de esa manera, le vais a despertar.

—*Tú* nunca podrías despertarle —dijo Tweedledum—. ¿No te das cuenta de que sólo eres una parte de su sueño? No eres real.

—¡Claro que *soy* real! —dijo Alicia, y se puso a llorar.

—No te vas a convertir en real por mucho que llores —insistió Tweedledee—, y tampoco es como para ponerse a llorar.

—Si no fuera real —contestó Alicia (medio riéndose entre lágrimas, porque todo aquello empezaba a ser muy absurdo)— no podría llorar.

—Ah, ¿pero es que crees que tus lágrimas son *reales*? —dijo Tweedledum con desprecio.

«Sé perfectamente que no están diciendo más que tonterías —pensó Alicia—, de modo que no tiene sentido ponerse a llorar.» Se secó las lágrimas y dijo todo lo amablemente que pudo:

—En fin, no importa, pero me parece que lo mejor es que salga de este bosque, porque está empezando a oscurecer de verdad. ¿Vosotros creéis que va a llover?

Tweedledum sacó un enorme paraguas y lo abrió sobre su hermano y sobre él. Desde debajo de él miró al cielo.

—No creo que vaya a llover —contestó—; por lo menos no *aquí dentro*. No, señor.

—¿Y lloverá *aquí afuera*?

—Puede ser... si es que llueve —respondió Tweedledee—. En cualquier caso nosotros no nos oponemos, todo lo contrario.

«¡Qué egoístas!», pensó Alicia, y ya estaba a punto de decir «Buenas noches» y dejarles allí cuando Tweedledum sacó una mano de debajo del paraguas y la agarró de la cintura.

—¿Has visto *eso*? —preguntó con voz temblorosa. Los ojos se le habían vuelto enormes y de color amarillo, y apuntaba con su pequeño dedo tembloroso hacia alguna cosa pequeña y blanca que apenas se divisaba bajo un árbol.

—No es más que un cascabel —dijo Alicia después de examinar aquella pequeña cosa blanca, y luego añadió para quitarle el miedo—; no es una serpiente de cascabel, sino simplemente un cascabel, un sonajero, bastante viejo por cierto, aparte de roto.

—¡Lo sabía! —gritó Tweedledum pataleando y tirándose del pelo—. ¡Está roto, claro!

Luego miró a Tweedledee, que dio un salto atrás y trató de esconderse detrás del paraguas. Alicia le puso una mano sobre el hombro y le dijo en tono amable:

—Tampoco hace falta ponerse así, si no es más que un sonajero viejo y roto.

—¡Pero si no es viejo! —gritó Tweedledum más furioso que nunca—. ¡Es nuevo! Lo compré ayer mismo. ¡Oh, mi precioso y nuevo SONAJERO! —y al terminar de pronunciar estas palabras su voz se convirtió en un perfecto chillido.

En ese momento Tweedledee estaba haciendo todo lo posible por cerrar el paraguas, quedándose él dentro. Era una cosa tan extraordinaria que a Alicia casi le hizo perder el hilo de la furia de su hermano, pero lo cierto es que no pudo conseguirlo del todo: tropezó y se cayó al suelo hecho un lío

con el paraguas. Del paraguas sólo salía su cabeza. Ahí estaba, tendido en el suelo, abriendo y cerrando la boca y los ojos.

«Casi parece un pez», pensó Alicia.

—Supongo que aceptarás el duelo —dijo Tweedledum con un tono de voz tranquilo.

—Supongo que sí —contestó su hermano resignado mientras salía del paraguas—, pero *ella* nos tendrá que ayudar a vestirnos.

Los dos hermanos desaparecieron en el bosque tomados de la mano y volvieron un minuto más tarde cargados de cosas. Era imposible enumerar todo lo que traían: mantas, cacerolas, cojines, baterías de cocina y hasta cubos de carbón.

—Espero que se te dé bien atar cosas —dijo Tweeedledum—, porque sea como sea nos tenemos que poner todo esto.

Alicia contó más tarde que jamás en su vida había visto que por una tontería semejante se montara un embrollo tan enorme como aquél. Los dos hermanos no paraban de moverse y llevaban tal cantidad de cosas puestas encima que no fue tarea fácil sostenerlas todas atando cuerdas y abrochando botones.

«¡Cuando se peleen van a parecer un par de bolsas enormes de ropa vieja!», pensó mientras le ataba una almohada a Tweedledee alrededor del cuello «para evitar que le cortaran la cabeza», como había dicho.

—Ya sabes, es una de las peores cosas que te pueden pasar en un duelo, que te corten la cabeza —añadió con voz muy grave.

Alicia no pudo evitar reírse, pero trató de disimularlo fingiendo que había sido un ataque de tos, para no herir sus sentimientos.

—¿Estoy muy pálido? —preguntó Tweedledum acercándose para que le atara el casco. (Él lo llamaba «casco» pero en realidad tenía todo el aspecto de una cacerola.)

—Pues sí, un poco —contestó Alicia.

—Normalmente soy bastante valiente —dijo en voz baja—, pero es que hoy me duele un poco la cabeza.

—¡A mí también me duele la cabeza! —replicó Tweedledee que había escuchado a su hermano—. ¡Y mucho más que a ti!

—Entonces lo mejor será que no os peleéis hoy —dijo Alicia, pensando que había encontrado una buena excusa para poner un poco de paz entre los dos hermanos.

—Pero *tenemos* que pelear, aunque sea sólo un poquito. La verdad es que prefiero que no sea demasiado largo —explicó Tweedledum—. ¿Qué hora es, por cierto?

Tweedledee miró su reloj y contestó:

—Las cuatro y media.

—Entonces pelearemos hasta las seis y pararemos para cenar.

—Por mí está bien —respondió Tweedledee compungido—; *ella* nos puede vigilar. Lo único que te recomiendo es que no te acerques demasiado. Cuando estoy en medio de una pelea normalmente le pego a todo lo que veo.

—Pues yo le pego a todo lo que alcanzo, lo vea o no.

Alicia se rio.

—Entonces me temo que con mucha frecuencia no le pegaréis más que a los árboles.

—Pues no lo temas —dijo Tweedledum con mirada satisfecha—, porque cuando termine la pelea no va a quedar un árbol sano en todo el bosque.

—¡Y todo por un sonajero! —se quejó Alicia, como último intento de hacerles sentirse por lo menos un poco avergonzados por pelearse por semejante tontería.

—No me habría importado tanto —dijo Tweedledum— si no hubiese sido uno recién comprado.

«¡Ojalá baje un cuervo negro como la brea!», pensó Alicia.

—Ya sabes que solamente tenemos una espada —le dijo Tweedledum a su hermano—, pero *puedes* tomar el paraguas si quieres, que también está bastante afilado. Y empecemos pronto, porque el cielo no puede estar más oscuro.

—Sí que puede —dijo Tweedledee.

Se había hecho de noche tan aprisa que Alicia por un momento tuvo miedo de que fuera a llegar una tormenta.

—¡Vaya una nube negra que viene por ahí! —dijo—. ¡Y qué rápido viene! ¡Parece que tiene alas!

—¡Es el cuervo! —chilló espantado Tweedledum, y los dos hermanos desaparecieron al instante en el bosque.

Alicia corrió un poco en dirección hacia el bosque y luego se detuvo bajo un árbol enorme. «Aquí no me pillará —pensó—, es demasiado grande como para meterse entre estos árboles. ¡Qué manera de agitar las alas! ¡Pero si parece que va a pasar un huracán! ¡Mira, si hasta hay un mantón volando!»

Capítulo V

LANA Y AGUA

Alicia atrapó el mantón al vuelo en cuanto pasó por su lado y buscó a su dueño. No tardó mucho en encontrarlo, un segundo después vio a la Reina Blanca corriendo a toda prisa por el bosque con los brazos abiertos como si volara. Muy amablemente, se acercó a ella para devolverle el mantón.

—Me alegra mucho haber podido atraparlo —dijo mientras la ayudaba a ponérselo sobre los hombros.

La Reina Blanca se limitó a mirarla un poco ausente y asustadiza, sin dejar de repetir en un susurro algo como «ba-be-bi-bo-bu, ba-be-bi-bo-bu», y como parecía que la Reina no iba a decir nada más, trató de empezar tímidamente la conversación:

—¿Es usted la Reina Blanca? Creo que aún no nos habíamos visto.

—Pues así es como me visto, si no te gusta puedes marcharte —respondió la Reina.

Alicia pensó que no era buena idea empezar una discusión, así que sonrió y volvió a preguntar:

—Usted dígame cómo quiere que se lo ponga y yo lo haré lo mejor que pueda.

—¡Pero es que no quiero que lo hagas en absoluto! —farfulló la pobre Reina—. He estado yo misma vistiéndome durante dos horas.

A Alicia le pareció que lo mejor habría sido que lo hubiese hecho otra persona, porque la verdad es que iba hecha un desastre. «¡Lo lleva todo torcido y prendido con alfileres!», pensó.

—¿Quiere que le ponga derecho el mantón? —preguntó en voz alta.

—¡No sé qué mosca le ha picado a este mantón! —se quejó la Reina con voz un poco melancólica—. Creo que se ha vuelto loco. No hago más que ponerle alfileres, pero nunca es a su gusto.

—Pero es que nunca podrá estar derecho si sólo le pone alfileres en un lado —dijo Alicia amablemente mientras se lo colocaba mejor—. ¡Ay, Dios mío, cómo tiene usted el pelo!

—¡El cepillo se me ha quedado enredado dentro del pelo! —suspiró la Reina—. Y el peine lo perdí ayer.

Alicia sacó el cepillo con cuidado y trató con esmero de dejarle el pelo en mejores condiciones.

—¡En fin, ahora está mucho mejor! —dijo después de cambiar la mayoría de los alfileres—. ¡Aunque no le vendría mal una buena doncella!

—¡Te contrataría a *ti* encantada! —dijo la Reina—. Dos peniques a la semana y mermelada cada dos días, ¿aceptas?

Alicia no pudo evitar reírse mientras decía:

—No, gracias. No estoy buscando trabajo… y la mermelada me da igual.

—Es una mermelada muy buena —afirmó la Reina.

—Hoy no me apetece mermelada, de todas formas.

—Y aunque la quisieras, tampoco podría dártela —dijo la Reina—. La norma es la siguiente: mermelada mañana y mermelada ayer… pero nunca mermelada *hoy*.

—Alguna vez tendrá que ser «mermelada hoy» —objetó Alicia.

—No, no puede ser —dijo la Reina—. Es mermelada cada dos días: hoy no es día *dos*, ¿entiendes?

—No lo entiendo —contestó Alicia—. ¡Es terriblemente complicado!

—Suele ocurrir cuando vives al revés —dijo la Reina amablemente—, todo es un poco complicado al principio...

—¡Vivir al revés! —repitió Alicia completamente asombrada—. ¡No había oído nunca una cosa así!

—... pero tiene una gran ventaja y es que la memoria funciona en las dos direcciones.

—Pues la *mía* sólo funciona en una dirección —comentó Alicia—. No soy capaz de recordar las cosas antes de que ocurran.

—Es porque tienes una de esas pobres memorias que sólo funcionan hacia atrás —observó la Reina.

—¿Y qué tipo de cosas recuerda *usted* mejor? —preguntó Alicia.

—Pues, por ejemplo, algunas cosas que sucedieron dentro de dos semanas —contestó la Reina sin darle demasiada importancia—. Ahora mismo —continuó mientras se pegaba un buen trozo de esparadrapo en el dedo—, recuerdo al Mensajero del rey. Está castigado en prisión. El juicio no comenzará hasta el próximo miércoles y eso que el crimen ni siquiera ha sido cometido todavía.

—¿Y si nunca se cometiera el crimen? —preguntó Alicia.

—Eso sería mucho mejor, ¿no te parece? —dijo la Reina mientras ataba el esparadrapo de su dedo con un cordón.

A Alicia le pareció que eso era innegable.

—Claro que sería mejor —replicó—, pero no estaría bien castigarlo por eso.

—*Ahí* te equivocas por completo —dijo la Reina—. ¿Te han castigado alguna vez?

—Sólo por cosas pequeñas —dijo Alicia.

—Y por esa razón ahora eres una niña más buena —dijo triunfante la Reina.

—Sí, pero es que yo había *hecho* las cosas por las que me habían castigado —insistió Alicia—; ahí está la diferencia.

—Pero si no las hubieses hecho —dijo la Reina—, habrías sido mejor todavía, ¡mejor, mejor y mejor, y mejor! —y fue subiendo la voz con cada «mejor» hasta que al final se convirtió en un chillido.

Alicia estaba a punto de decir: «Creo que no está entendiendo...», cuando la Reina empezó a gritar tan alto que tuvo que dejar la frase sin empezar.

—¡Ay, ay, ay! —exclamó sacudiendo la mano como si quisiera arrancársela—. ¡Me está sangrando el dedo! ¡Ay, ay, ay!

Sus gritos eran tan parecidos a los silbidos de una locomotora que Alicia tuvo que taparse los oídos con las manos.

—¿Qué *es* lo que pasa? —preguntó tan pronto como tuvo la oportunidad de que la oyera—. ¿Se ha pinchado el dedo?

—Todavía no me lo he pinchado —dijo la Reina—, pero lo haré pronto... ¡ay, ay, ay!

—¿Cuándo se supone que lo hará? —preguntó Alicia a punto de echarse a reír.

—Cuando me vuelva a abrochar el mantón —gruñó la pobre Reina—, el broche se soltará directamente. ¡Ay, ay, ay!

Mientras decía esas palabras el broche se abrió y la Reina lo agarró sin pensarlo e intentó abrocharlo otra vez.

—¡Cuidado! —gritó Alicia—. ¡Lo está sosteniendo al revés!

Trató de agarrar el broche, pero lo hizo demasiado tarde: el alfiler se le resbaló y la Reina se pinchó el dedo.

—Esto explica la sangre, ¿lo ves? —le dijo a Alicia con una sonrisa—. Ahora entiendes cómo funcionan las cosas aquí.

—Pero, ¿por qué no grita *ahora*? —preguntó Alicia juntando las manos, preparada para llevárselas a los oídos.

—Ya he gritado todo lo que tenía que gritar —dijo la Reina—. ¿De qué serviría hacerlo de nuevo?

El día comenzó a hacerse más luminoso.

—Creo que el cuervo ha debido salir volando —dijo Alicia—. Me alegro de que se haya ido. Pensé que se estaba haciendo de noche.

—¡Me encantaría poder alegrarme! —dijo la Reina—, sólo que ya no recuerdo cómo se hacía. ¡Debes de ser muy feliz viviendo en este bosque y alegrándote cuando quieres!

—¡Pero una se siente *tan* sola aquí! —se quejó Alicia con voz melancólica, y al pensar en su soledad dos enormes lágrimas le rodaron por las mejillas.

—¡Oh, no te pongas así! —exclamó la pobre Reina retorciendo las manos desesperada—. Piensa en la niña tan estupenda que eres. Piensa en el camino tan largo que has hecho hoy. Piensa en la hora que es. ¡Piensa en lo que quieras, pero no llores!

Alicia no pudo evitar reírse al oír esto, todavía con lágrimas en los ojos.

—¿Así es como usted consigue no llorar: pensando en cosas? —preguntó.

—Es un sistema excelente —dijo la Reina con gran resolución—; nadie puede hacer dos cosas a la vez, ¿no lo sabías? Pensemos, por ejemplo, en tu edad... ¿cuántos años tienes?

—Tengo exactamente siete y medio.

—No tenías por qué decir lo de «exactamente» —comentó la Reina—. Te creo sin necesidad de tanta exactitud. Yo tengo ciento uno, cinco meses y un día.

—¡*Eso* no me lo puedo creer! —dijo Alicia.

—¿No puedes? —preguntó la Reina en tono apesadumbrado—. Inténtalo: respira hondo y cierra los ojos.

Alicia se rio.

—No merece la pena intentarlo —dijo—, las cosas imposibles no se pueden creer.

—Me parece que aún te falta un poco de práctica —dijo la Reina—. Cuando yo tenía tu edad, lo hacía siempre media hora al día. A veces incluso llegaba a creerme hasta seis cosas imposibles antes del desayuno. ¡Ya se me cae el mantón otra vez!

El broche se había soltado mientras hablaba y una repentina ráfaga de viento se llevó el mantón de la Reina al otro lado de un arroyuelo. La Reina extendió los brazos de nuevo y fue volando detrás de él, y esta vez consiguió alcanzarlo sin ayuda de nadie.

—¡Lo tengo! —exclamó en tono triunfal—. ¡Ahora verás cómo me lo abrocho yo solita!

—Entonces supongo que su dedo ya está mejor —dijo Alicia muy educada mientras cruzaba el arroyuelo para seguir a la Reina.

—¡Oh, mucho mejor! —exclamó la Reina mientras su voz subía de tono hasta convertirse en un chillido—. ¡Mucho me-ejor! ¡Me-e-e-ejor! ¡Me-e-ehh!

La última palabra terminó en un largo balido tan parecido al de una oveja que Alicia se sobresaltó.

Miró a la Reina y le pareció que el mantón se había convertido en una gruesa capa de lana. Alicia se frotó los ojos y volvió a mirar. No conseguía entender qué había pasado. ¿Estaba en una tienda? ¿Y era realmente... era de verdad una *oveja* la que estaba sentada al otro lado del mostrador? Por mucho que se frotara los ojos, no logró ver otra cosa: estaba en una pequeña tienda oscura, con los codos apoyados en el mostrador y frente a ella había una anciana Oveja tejiendo sentada en una silla que de cuando en cuando dejaba de tejer para mirarla a través de unas grandes gafas.

—¿Qué quieres comprar? —preguntó por fin la Oveja, mirándola un momento por encima de su labor.

—No lo sé muy bien todavía —respondió Alicia dulcemente—. Me gustaría echar un vistazo alrededor, si le parece bien.

—Puedes mirar lo que tienes delante y lo que está a los lados, si quieres —dijo la Oveja—, pero no *todo* lo que tienes alrededor... a no ser que tengas ojos en la espalda.

Y como se daba el caso de que Alicia no los tenía, se contentó con darse la vuelta y acercarse a las estanterías para verlas.

La tienda parecía estar repleta de un sinfín de cosas curiosas... pero lo más extraño de todo era que cuando se concentraba en una estantería, resultaba estar siempre completamente vacía, mientras que las demás alrededor estaban abarrotadas hasta los topes.

—¡Aquí las cosas vuelan! —dijo por fin en tono quejumbroso, después de haberse pasado un rato persiguiendo en vano una enorme cosa brillante que unas veces parecía una muñeca y otras un costurero, y que siempre se encontraba en una estantería por encima de la que estaba mirando—. Y eso es lo más irritante de todo... pero le diré lo que voy a hacer... —añadió cuando se le ocurrió una idea de pronto—. Lo seguiré hasta la estantería más alta. No podrá subir por el techo, ¡ya lo verá!

Pero incluso aquel plan fracasó: aquella «cosa brillante» también atravesó el techo tranquilamente, como si fuera la cosa más normal del mundo.

—¿Eres una niña o una peonza? —preguntó la Oveja mientras se hacía con otro par de agujas—. Me vas a marear como sigas dando vueltas de esa manera.

Estaba tejiendo con catorce pares de agujas al mismo tiempo y Alicia no podía dejar de mirarla con gran asombro. «¿Cómo podrá tejer con tantas? —pensó la desconcertada niña—. ¡Y cada vez tiene más y más... va a terminar pareciendo un puercoespín!»

—¿Sabes remar? —preguntó la Oveja dándole un par de agujas de tejer mientras hablaba.

—Sí, un poco... pero no en tierra... y tampoco con agujas... —Apenas había empezado Alicia a hablar cuando de repente las agujas se transformaron

81

en sus manos en remos, y se encontró con que estaban las dos en un pequeño bote que se deslizaba entre dos orillas. No le quedó más remedio que hacerlo lo mejor que pudo.

—¡En horizontal! —exclamó la Oveja mientras tomaba otro par de agujas.

Aquello no parecía precisar respuesta alguna, de modo que Alicia se mantuvo en silencio y siguió remando. Algo extraño pasaba con el agua porque a menudo se quedaban los remos atrapados en ella y apenas se podían sacar.

—¡Horizontal! ¡Horizontal! —exclamó de nuevo la Oveja, tomando más agujas—. Te vas a llevar por delante a un cangrejo.

«¡Un pequeño cangrejo! —pensó Alicia—. Me encantaría tocar uno.»

—¿No me has oído decir «horizontal»? —gritó enfadada la Oveja mientras agarraba un buen puñado de agujas.

—Claro que sí —contestó Alicia—: lo ha dicho muchas veces... y muy alto además. Perdone, ¿dónde *están* los cangrejos?

—¿Dónde va a ser? ¡En el agua! —respondió la Oveja mientras se clavaba en el pelo algunas agujas porque ya no le cabían en las manos—. ¡Horizontal, he dicho!

—¿Por qué dice «horizontal» todo el tiempo? —preguntó por fin Alicia un poco enfadada—. ¡No soy un pájaro!

—Sí lo eres —respondió la Oveja—, eres una pequeña oca.

Como aquello ofendió un poco a Alicia la conversación se interrumpió durante algunos minutos. El bote se mecía dulcemente unas veces entre bancos de algas (lo que hacía que los remos se quedaran atascados más que nunca en el agua), y otras bajo los árboles pero siempre junto a aquellas mismas orillas amenazantes que se cernían sobre sus cabezas.

—¡Por favor, mire qué bonito! ¡Los juncos están en flor! —gritó Alicia de pronto con emoción—. ¡Vaya que si lo están... y son preciosos!

—No deberías pedírmelo «por favor» —dijo la Oveja sin levantar la vista de su labor—. Yo no los puse ahí y tampoco me los voy a llevar.

—No, pero quería decir... por favor, ¿podríamos esperar y coger algunos? —suplicó Alicia—. Si no le molesta que paremos un minuto.

—¿Cómo lo voy a parar yo? —preguntó la Oveja—. Si dejas de remar, se parará solo.

Alicia dejó que el bote siguiera corriente abajo hasta que se deslizó dulcemente entre los ondeantes juncos. Se remangó las mangas con cuidado y sumergió los bracitos hasta el codo para coger los juncos desde bien abajo antes de arrancarlos. Durante un momento Alicia se olvidó de la Oveja y de su labor mientras se inclinaba sobre un lado del bote y se le mojaron las puntas del pelo en el agua al coger un ramo de aquellos preciosos juncos...

—¡Espero que el bote no vuelque! —se dijo a sí misma—. ¡Oh, ése es precioso! Pero no consigo alcanzarlo...

Y sin duda alguna era bastante frustrante («casi como si sucediera aposta», pensó) porque, aunque se las arregló para coger muchos juncos bonitos mientras el bote se deslizaba, siempre había alguno, mucho más bonito que el resto, que no conseguía alcanzar.

—¡Los más bonitos son los que están siempre más lejos! —exclamó por fin con un suspiro por el empeño de aquellos juncos en crecer tan lejos; luego se incorporó con dificultad, las mejillas coloradas, el pelo y las manos goteando, mientras organizaba sus recién encontrados tesoros.

¿Le importó que los juncos empezaran a marchitarse y a perder todo su aroma y belleza desde el mismo momento en que los arrancó? Incluso los verdaderos juncos en flor duran muy poco tiempo... y éstos, al tratarse de juncos de ensueño, se derretían como la nieve apilados a sus pies... pero Alicia apenas se dio cuenta, pues había otras muchas cosas interesantes en las que pensar.

No habían llegado mucho más lejos cuando la pala de uno de los remos se quedó atrapada en el agua y no *quiso* salir (o eso fue lo que luego contó Alicia), y como el mango había quedado justo debajo de su barbilla, lo cierto fue que la levantó directamente de su asiento y la lanzó entre las pilas de juncos a pesar de todos los gemidos y los «¡Ay, ay, ay!» del mundo.

Pero no se hizo ningún daño y enseguida se puso en pie: la Oveja continuó con su labor como si no hubiera pasado nada.

—¡Eso es que has dado con un buen cangrejo! —comentó la Oveja mientras Alicia volvía a su sitio muy aliviada al ver que seguía estando dentro del bote.

—¿De verdad? No le he visto —dijo Alicia, observando el agua oscura atentamente desde un lado del bote—. Ojalá no se hubiese soltado... ¡Me encantaría llevarme un cangrejito a casa!

La Oveja se rio con desdén y siguió con su labor.

—¿Hay muchos cangrejos por aquí? —preguntó Alicia.

—Cangrejos y todo tipo de cosas —aseguró la Oveja—: hay mucho de donde elegir, pero decídete. Veamos, ¿qué es lo que quieres comprar?

—¿Comprar? —preguntó Alicia asombrada y medio asustada... porque los remos y el bote y el río se habían desvanecido en un momento y estaba de vuelta en la pequeña y oscura tienda.

—Me gustaría comprar un huevo, por favor —anunció tímidamente—. ¿Cuánto cuesta?

—Cinco peniques y cuarto por uno... dos peniques por dos —contestó la Oveja.

—¿Entonces comprar dos es más barato que uno? —preguntó Alicia sorprendida mientras sacaba su monedero.

—Pero *tendrás* que comerte ambos si compras dos —dijo la Oveja.

—Entonces me llevo *uno,* por favor —decidió Alicia, poniendo el dinero sobre el mostrador. Y es que había pensado de pronto: «puede que ni siquiera estén buenos».

La Oveja recogió el dinero y lo guardó en la caja; después dijo:

—Nunca le doy las cosas en la mano a la gente... no sería correcto... tienes que cogerlo tú misma.

Y una vez dicho esto se movió hacia el otro lado de la tienda y puso el huevo derecho en una estantería.

«Me pregunto por qué no sería correcto —pensó Alicia mientras se abría camino a tientas entre mesas y sillas, porque la tienda se volvía más oscura hacia el fondo—. El huevo parece alejarse más cuánto más me acerco. Veamos, ¿esto es una silla? ¡Pero si tiene ramas! ¡Qué extraño encontrarse árboles creciendo aquí! ¡Y además hay un arroyuelo! ¡Ésta es la tienda más rara que he visto en mi vida!»

Y así fue caminando mientras se preguntaba todas aquellas cosas y observaba que todo se convertía en árbol en cuanto ella se acercaba. Incluso llegó a esperar que el huevo lo hiciera en cuanto llegara hasta él.

Capítulo VI

HUMPTY DUMPTY

Pero el huevo fue creciendo y creciendo hasta tomar un aspecto cada vez más humano. Cuando Alicia se acercó unos metros comprobó además que tenía también nariz y ojos y boca y cuando se detuvo frente a él comprendió con claridad que se trataba de Humpty Dumpty en persona. «Sólo puede ser él —pensó—; estoy tan segura como si llevara el nombre escrito en la frente.»

Y la verdad es que tenía una frente tan grande que se lo podría haber escrito no una, sino cien veces. Humpty Dumpty estaba sentado a lo indio, con las piernas cruzadas, en lo alto de un muro tan estrecho que Alicia se maravilló de que pudiera mantener el equilibrio y tuviera la mirada fija en la dirección opuesta. Alicia incluso pensó que podría tratarse perfectamente de un muñeco, puesto que no le prestó ni la más mínima atención a su presencia allí.

—¡Es exactamente como un huevo! —dijo en voz alta frente a él con las manos dispuestas a recogerle si se caía, cosa que parecía que iba a pasar en cualquier momento.

—Es bastante insultante que le llamen a uno «huevo», pero que muy insultante... —contestó Humpty Dumpty después de un largo silencio y sin dejar de mirar a lo lejos.

—He dicho que era usted *como* un huevo —explicó Alicia educadamente—, y de hecho hay huevos que son bastante bonitos... —añadió al final, tratando de que pareciera un piropo.

—Hay gente que tiene la inteligencia de un mosquito —contestó Humpty Dumpty sin dejar de mirar a lo lejos.

Alicia no supo qué responder. Tampoco había sido exactamente una conversación normal. Él no le había dicho nada directamente a *ella*, de hecho, su última respuesta parecía haber sido dirigida al árbol, así que se quedó allí y comenzó a susurrar en voz baja:

> *Humpty Dumpty estaba seguro,*
> *Humpty Dumpty encima de un muro...*
> *Pero de pronto se tropezó*
> *y de cabeza al suelo cayó.*
>
> *Luego el Rey mandó muy presto*
> *todos sus hombres y sus arrestos*
> *mas no consiguieron, aunque lo intentaron,*
> *encontrar de Humpty todos los pedazos.*

—Me parece que los últimos versos son demasiado largos... —añadió Alicia subiendo el tono de voz y olvidando por completo que Humpty Dumpty podía oírla.

—No te quedes ahí hablando sola —dijo Humpty Dumpty mirándola por primera vez—. Dime cómo te llamas y qué haces por aquí.

—Me llamo Alicia, pero...

—Un nombre bastante estúpido, por cierto —interrumpió impaciente Humpty Dumpty—. ¿Qué significa?

—No sabía que los nombres *tuvieran* que significar algo —dijo Alicia dudando un poco.

—Por supuesto que tienen que significar algo —contestó Humpty Dumpty con una risita—; *mi* nombre se refiere a mi figura, una figura bastante atractiva, por cierto. Pero con tu nombre la verdad es que podrías tener cualquier aspecto.

—¿Y por qué está usted aquí solo sentando en lo alto de un muro? —preguntó Alicia, tratando de evitar una discusión.

—¿Que por qué estoy solo? ¡Pues porque no hay nadie conmigo! —respondió Humpty Dumpty—. ¿Acaso pensabas que no iba a poder responderte a *eso*? A ver, pregúntame otra cosa.

—¿No piensa usted que estaría más seguro aquí abajo? —preguntó Alicia sin ninguna intención de proponer una adivinanza, más bien por el miedo que le provocaba que aquella extraña criatura se cayera desde allí—. ¡Ese muro es muy estrecho!

—¡Es la adivinanza más fácil que me han preguntado nunca! —gritó Humpty Dumpty—. Por supuesto que no estaría más seguro ahí abajo. Y si me cayera (cosa que es imposible que ocurra), pero *si me cayera...* —y al decir esto frunció los labios tan solemnemente que a Alicia casi le da un ataque de risa—. *Si me cayera* —continuó Humpty Dumpty—, *el Rey me ha prometido...* (¡ja!, abre la boca si quieres, no te esperabas que fuera a decir eso, ¿verdad?) *el Rey me ha prometido, el mismísimo Rey me ha prometido que... que... que...*

—Que mandaría muy presto a todos sus hombres y sus arrestos —interrumpió Alicia, un poco desafortunadamente.

—¡No puede ser! —gritó Humpty Dumpty con furia—. ¡Has estado espiando detrás de las puertas, tras los árboles, en las chimeneas... o no podrías saberlo!

—Le aseguro que no —respondió Alicia muy educadamente—. Lo leí en un libro.

—¡Menos mal! En los libros pueden decirse esas cosas —dijo Humpty Dumpty más calmado—. Historia Universal, lo llaman a eso. Y ahora, mírame bien, estás delante de alguien que ha hablado con el Rey. Puede que no vuelva a ocurrirte algo así en la vida ¡Y para demostrarte que no soy un vanidoso, te dejo que me des la mano!

Sonrió de oreja a oreja y se inclinó hacia delante (tanto que casi se cae), ofreciéndole la mano a Alicia. Ella le observó un poco temerosa mientras se la daba. «Como sonría un poco más las dos puntas de sus labios se van a unir por detrás y si eso pasa... no quiero ni imaginar lo que le ocurrirá a su cabeza. ¡Lo más probable es que se le caiga!»

—Pues sí, amiga mía, a todos sus hombres y sus arrestos —continuó Humpty Dumpty—. Y me recompondrían en un segundo, ¡te lo aseguro! Pero creo que esta conversación está yendo demasiado rápido, regresemos a mi penúltimo comentario.

—Me temo que no lo recuerdo, señor —contestó Alicia educadamente.

—En ese caso comenzaremos de nuevo —replicó Humpty Dumpty—, pero esta vez seré yo el que elija el tema.

«Habla como si la conversación fuera un juego», pensó Alicia.

—Vamos a ver... tengo una pregunta para ti. ¿Cuántos años dijiste que tenías?

Alicia hizo un pequeño cálculo mental y respondió:

—Siete años y seis meses.

—¡Incorrecto! —gritó triunfal Humpty Dumpty—. ¡Eso no fue exactamente lo que dijiste antes!

—Es que pensé que me estaba preguntando: *¿Cuántos años tienes?* —explicó Alicia.

—Si hubiese querido preguntar eso, habría preguntado eso exactamente —respondió Humpty Dumpty.

Y como Alicia no quería que acabara todo en una discusión, lo dejó pasar sin más.

—¡Siete años y seis meses! —repitió Humpty Dumpty muy pensativo—. Es una edad un tanto incómoda. Si me pidieras un consejo al respecto te diría sin duda alguna: «Quédate en los siete», pero me temo que ya es un poco tarde.

—Nunca pido consejo sobre mi edad —contestó Alicia indignada.

—¿Demasiado orgullosa acaso? —preguntó el otro.

A Alicia aquella sospecha le hizo indignarse todavía más.

—Lo que quiero decir es que nadie puede impedir que uno crezca.

—Tal vez *nadie* no pueda —replicó Humpty Dumpty—, pero *una persona* sí puede. Con la ayuda necesaria, creo que te podrías haber quedado en los siete.

—¡Qué cinturón más bonito lleva usted! —dijo de pronto Alicia (y es que pensaba que ya habían hablado bastante del tema de la edad y ya era hora de cambiar el asunto, además ahora *le tocaba* elegir a ella)—. Bueno, o quizá —porque de pronto le pareció otra cosa—, quizá sea un bonito pañuelo... o cinturón tal vez... quiero decir... ¡Oh, vaya, lo siento muchísimo! —exclamó al final, y es que Humpty Dumpty parecía cada vez más y más ofendido y ella deseaba cada vez más no haber sacado aquel tema.

«Si por lo menos supiera dónde termina el cuello y dónde empieza la cintura...», pensó.

No cabía duda de que Humpty Dumpty estaba bastante enfadado porque se quedó en silencio durante un par de minutos y cuando por fin se animó a hablar dijo con voz muy profunda:

—*¡Qué cosa más insultante!* ¡Una persona que no sabe distinguir un pañuelo de un cinturón!

—Lo sé, a veces soy un poco tonta —contestó Alicia con un tono de voz tan humilde que Humpty Dumpty se calmó.

—Es un pañuelo, niña mía, y uno bastante bonito, como bien has dicho. Es un regalo del Rey y la Reina Blanca, ¡ahí es nada!

—¿Lo dice en serio? —dijo Alicia encantada de *haber encontrado* por fin un tema de conversación que le gustara.

—Me lo regalaron... —continuó Humpty Dumpty muy solemne mientras cruzaba las piernas y apoyaba sus manos enlazadas en las rodillas— me lo regalaron... como regalo de no-cumpleaños.

—¿Perdón? —dijo Alicia un poco confusa.

—No hace falta que pidas perdón, no me he enfadado —respondió Humpty Dumpty.

—Quiero decir... ¿En qué consiste un regalo de no-cumpleaños? —preguntó Alicia.

—En un regalo que se le hace a la gente cuando no es su cumpleaños, evidentemente.

Alicia pensó en aquello un rato.

—Yo prefiero los regalos de cumpleaños —dijo al final.

—¡No sabes lo que dices! —replicó Humpty Dumpty—. ¿Cuántos días tiene un año?

—Trescientos sesenta y cinco —contestó Alicia.

—¿Y cuántos días de cumpleaños tienes?

—Uno.

—Y si le quitas uno a trescientos sesenta y cinco, ¿cuántos te quedan? —preguntó Humpty Dumpty

—Trescientos sesenta y cuatro.

Humpty Dumpty la miró incrédulo.

—Creo que preferiría verlo escrito sobre papel —le dijo a Alicia.

A Alicia le resultaba difícil aguantar la sonrisa mientras sacaba su cuaderno de notas y hacía frente a él la siguiente operación:

$$365$$
$$-\,1$$
$$\overline{}$$
$$364$$

Humpty Dumpty tomó el cuaderno y lo observó con atención.

—Parece que lo has hecho correctamente... —comentó.

—¡Pero si lo está mirando al revés! —interrumpió Alicia.

—¡Es cierto! —contestó divertido Humpty Dumpty dándole la vuelta—. Ya me parecía a mí un poco raro. Como iba diciendo... creo que lo has hecho bien, aunque la verdad es que no tengo todo el tiempo que querría para comprobarlo mejor, por lo que esto significa que hay trescientos sesenta y cuatro días al año en los que te deberían hacer regalos de no-cumpleaños...

—Así es —dijo Alicia.

—Y sólo *uno* para los regalos de cumpleaños. ¡Deberías estar orgullosa!

—No sé lo que quiere decir con eso de «orgullosa» —dijo Alicia.

Humpty Dumpty sonrió con desdén y prosiguió:

—Cuando *yo* uso una palabra, significa lo que yo quiero que signifique.

—El problema —replicó Alicia— es que una sola palabra puede significar muchas cosas diferentes.

—Aquí el único problema es saber quién manda, si las palabras o yo —dijo Humpty Dumpty.

Alicia estaba demasiado confusa como para contestar nada y Humpty Dumpty aprovechó para continuar:

—Tienen mucho carácter. Sobre todo los verbos, son los más orgullosos de todos. Con los adjetivos puedes hacer lo que quieras, pero no con los verbos. Pero yo puedo con todos. ¡Impenetrabilidad! Eso es lo que yo digo.

—¿Y me podría explicar qué significa eso?

—¡Ajá! Veo que ya te comportas como una niña razonable —dijo Humpty Dumpty muy satisfecho—. Cuando digo «Impenetrabilidad» me refiero a que este tema ya está agotado y que deberías decirme qué te apetece hacer ahora, ya que no creo que quieras quedarte ahí como un pasmarote para siempre.

—Nunca había pensado que una palabra pudiera significar tantas cosas —respondió Alicia muy pensativa.

—Bueno, cuando hago trabajar tanto a una palabra, siempre le doy una propina al final —contestó Humpty Dumpty.

—¡Ah! —dijo Alicia, y ya no se le ocurrió comentar nada más.

—Y tendrías que verlas cuando vienen a verme el sábado por la noche —continuó Humpty Dumpty, moviendo la cabeza de un lado a otro—; es cuando les doy la paga, ¿sabes?

(A Alicia se le olvidó preguntar con qué les pagaba, por eso tampoco yo *os* lo puedo contar.)

—Parece que se le da muy bien esto de explicar las palabras, señor —dijo Alicia—. ¿Me podría explicar un poema que se titula *El Jabberwocky*?

—Recítamelo —dijo Humpty Dumpty—. Soy capaz de explicar todos los poemas que se han inventado y un buen número de los que ni siquiera se han inventado todavía.

Y como aquello sonaba esperanzador Alicia recitó la primera estrofa:

> *Cuando los bejones cafaban, pesquían,*
> *llaía la tarde en la montananza*
> *por mares y ríos y solarenías*
> *con sus górobes negros y sus cochinanzas.*

—Es suficiente, aquí ya hay muchas palabras para empezar —interrumpió Humpty Dumpty—. «Cafaban» significa que «cazaban fácilmente».

—Eso está muy bien —dijo Alicia—. ¿Y «pesquían»?

—«Pesquían» significa que «pescaban en la ría», si fuera en el mar sería «pescaman».

—Ahora lo entiendo —dijo Alicia pensativa—. ¿Y qué son los «bejones»?

—Los bejones son parecidos a los tejones, aunque también tienen algo de lagartos y se parecen mucho a los sacacorchos.

—Deben de ser unas criaturas muy curiosas.

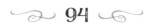

—Lo son, realmente —continuó Humpty Dumpty—; por lo que yo sé, construyen sus madrigueras bajo los relojes de sol y les encanta el queso.

—¿Y qué significa «llaía la tarde»?

—«Llaía la tarde» significa que cuando caía la tarde estaba lloviendo, son dos significados mezclados en una sola palabra.

—Entonces «solarenías» es el trozo de arena que hay bajo un reloj de sol, ¿verdad? —dijo Alicia sorprendida de su propio ingenio.

—Así es. Se le llama «solarenía» porque es la sombra que deja el sol en la arena... Prosigamos, «Montananza» es cuando en lontananza hay una montaña y los «górobes» son unos pájaros escuálidos con plumas por todas partes, parecidos a una fregona.

—¿Y las «cochinanzas»? Lo siento, creo que le estoy dando un montón de trabajo...

—Las cochinanzas son una especie de cerdos de color verde. No estoy muy seguro, pero creo que la palabra se refiere a que son cerdos que siempre están en andanzas, me parece que perdieron su casa o algo parecido, y se pasan la vida buscándola. Por cierto, ¿de dónde has sacado esta poesía tan complicada?

—La leí en un libro —respondió Alicia—, pero también me sé otro poema mucho más fácil que me recitó... Tweedledee, creo.

—Si hablamos de poesía —dijo Humpty Dumpty extendiendo las manos muy solemnemente—, yo soy la persona que mejor recita en el mundo, si se da la ocasión.

—¡Pero quizá no haya ocasión! —dijo Alicia rápidamente, temiendo que se pusiera a recitar de inmediato.

—El poema que me dispongo a recitarte —prosiguió sin hacer ningún caso— fue escrito única y exclusivamente para tu disfrute.

Alicia pensó que en tal caso no le quedaba más remedio que escucharlo, de modo que se sentó y dijo con voz un poco triste:

—Muchas gracias.

En invierno, cuando todo está blanco,
yo te dedico a ti este canto.

—Prefiero no cantarlo —explicó Humpty Dumpty.

—Ya veo —dijo Alicia.

—Si pudieras ver un canto, tendrías los ojos más potentes del mundo...
—replicó Humpty Dumpty con severidad y Alicia decidió callarse.

En primavera, cuando todo está verde,
yo ando que me muero por verte.

—Muchas gracias —dijo Alicia.

En verano, cuando hace calor,
si me miras entenderás mi dolor.

Y en otoño, con las hojas marrones,
me inventaré para ti más canciones.

—Gracias, pero no será necesario —dijo Alicia.

—No hace falta que hagas comentarios a los poemas —dijo Humpty
Dumpty—, lo único que consigues es que pierda la concentración.

Le puse este mensaje al pez:
«Harás lo que quiero esta vez».

Pero el pequeño pez del mar
pronto me fue a contestar.

La respuesta a la moción:
«no puedo hoy, la razón...».

—Me temo que no entiendo nada —dijo Alicia.

—No te preocupes, lo que sigue a partir de ahora es más sencillo.

Le envié allí de nuevo:
«Obedece, te lo ruego».

El pez contestó muy fresco:
«¡Pues de vaya humor te has puesto!».

Una, dos, tres veces luego
le repetí allí mi ruego.

Agarré una cafetera
para hacer mejor la prueba.

Y la llené hasta los topes
con el corazón al galope.

Pero entonces me avisaron
de que el pez se había acostado.

Yo grité con muchas ganas:
«¡Que lo saquen de la cama!».

Lo dije fuerte y con ruido
gritándole en el oído.

Y allí Humpty Dumpty elevó tanto la voz que aquello se convirtió en un grito mientras repetía aquel verso.

Alicia pensó de pronto: «No me gustaría ser el recadero por nada del mundo».

Y el recadero impaciente:
«Lo he oído perfectamente».

Y como estaba moscón:
«Iré con la condición...».

«Lo haré yo mismo, demonios»,
y cogí un buen sacacorchos.

Mas la puerta estaba atrancada
y le pegué tres patadas.

Probé con el tirador
y entonces descubrí, señor...

Luego se quedó en silencio.

—¿Termina así? —preguntó Alicia tímidamente.

—Termina así —dijo Humpty Dumpty—. Adiós.

A Alicia aquélla le pareció una manera un poco brusca de terminar la conversación, pero la verdad es que no parecía muy educado quedarse después de semejante final, así que se levantó y le dio la mano:

—¡Adiós, hasta pronto! —dijo todo lo alegremente que pudo.

—Si nos volvemos a encontrar no creo que te reconozca —replicó Humpty Dumpty con tono desagradable y ofreciéndole sólo uno de sus dedos—. Eres exactamente igual que cualquier otra persona.

—Me podría reconocer por la cara —dijo Alicia compungida.

—De eso es de lo que me quejo —respondió Humpty Dumpty—; tienes una cara como la de todo el mundo, ya sabes, dos ojos... (y mientras hablaba los señalaba con el dedo), la nariz en el centro, la boca debajo... Siempre es igual. Si por lo menos tuvieras los dos ojos a un lado de la nariz, o la boca encima, eso ayudaría un poco.

—Pero no quedaría muy bien —contestó Alicia.

—No lo sabrás si no lo intentas —dijo Humpty Dumpty cerrando los ojos.

Alicia esperó un rato para ver si decía algo más pero como ni abría los ojos ni parecía prestarle más atención repitió:

—¡Adiós!

Tampoco recibió respuesta, así que se alejó tranquilamente, pero no podía evitar repetir en su interior: «Hay que ver lo insatisfactoria... (lo dijo en voz alta, porque estaba encantada de poder decir una palabra tan larga) Hay que ver lo insatisfactoria que es la gente con la que me cruzo...», pero no pudo terminar la frase porque en aquel instante un gran estrépito cruzó el bosque de parte a parte.

Capítulo VII

EL LEÓN
Y EL UNICORNIO

·☙☙·

No tardaron en aparecer unos soldados marchando. Al principio lo hicieron en grupos de dos y de tres, después de diez y de veinte a la vez, y al final en comitivas tan grandes que llenaron todo el bosque. Alicia se puso detrás de un árbol por miedo a que la atropellaran y les observó pasar.

Pensó que nunca antes había visto a unos soldados que marcharan más inseguros que aquéllos: tropezaban constantemente; si no era con una cosa, era con la otra, y cuando uno se caía, varios de ellos se iban también al suelo tras él, hasta tal punto que toda aquella extensión se cubrió enseguida de pequeñas pilas de hombres.

Después llegaron los caballos. Al tener cuatro patas se las arreglaron mejor que los soldados a pie, pero incluso ellos se trastabillaban de vez en cuando; y parecía ser la regla general que cuando un caballo tropezaba el jinete caía al suelo inmediatamente. La confusión era cada vez mayor y Alicia se alegró de poder alejarse hasta un pequeño claro en el que se encontró al Rey Blanco sentado en el suelo y muy atareado escribiendo en su cuadernillo de notas.

—¡Los he enviado a todos! —exclamó el Rey encantado al ver a Alicia—. ¿Te has cruzado por casualidad con unos soldados al atravesar el bosque, querida?

—Sí —contestó Alicia—, con varios miles, diría yo.

—Cuatro mil doscientos siete, ése es el número exacto —dijo el Rey mirando en su cuaderno—. No he enviado a todos los caballos porque se necesitan dos para el juego. Y tampoco he enviado a los Mensajeros. Se habían ido los dos al pueblo. Mira por el camino y dime si puedes ver a alguno de ellos.

—Nadie se acerca por el camino —dijo Alicia.

—Ya me gustaría a mí tener esa vista —comentó el Rey con tono inquieto—. ¡Ser capaz de ver a Nadie! ¡Y desde esa distancia, además! ¡Con esta luz lo máximo que yo conseguiría ver sería a personas reales!

Pero Alicia seguía mirando el camino atentamente, poniéndose la mano como visera, y no se enteró demasiado de lo que le decía el Rey.

—¡Ahora veo a alguien! —exclamó por fin—. Pero viene muy despacio... ¡y qué manera más curiosa de andar! (Y es que el Mensajero iba brincando arriba y abajo moviéndose como una anguila con sus enormes manos abiertas a ambos lados como si fueran abanicos.)

—En absoluto —dijo el Rey—. Es un Mensajero anglosajón... y ésa es la manera anglosajona de caminar. Solamente lo hace cuando está contento. Se llama Haigha. (Lo pronunció de tal forma que rimaba con «caiga».)

—Yo quiero a mi amor con una H —no pudo evitar decir Alicia jugando a las letras— porque es Hábil. Le odio con una H porque es Horroroso. Le alimento con... con... sándwich de Habas y con Heno. Se llama Haigha y vive en...

—Vive en la Hacienda —comentó el Rey sin tener la más mínima idea de que estaba participando en el juego mientras que Alicia seguía pensando en el nombre de un pueblo que empezara con H—. El otro mensajero se llama Hatta. *Debo* tener dos, ¿sabes?... uno para ir y otro para venir. Uno va y el otro viene.

—Disculpe, ¿cómo dice? —preguntó Alicia.

—No está bien disculparse —dijo el Rey.

—Quería decir que no le he entendido —se explicó Alicia—. ¿Por qué uno para ir y el otro para venir?

—¿No te lo he dicho ya? —repitió el Rey impacientemente. He de tener *dos*... para traer y llevar. Uno para traer y el otro para llevar.

En ese momento llegó el Mensajero. Parecía demasiado cansado como para decir palabra y sólo pudo agitar las manos y poner unas caras espantosas cuando se dirigía al Rey.

—Esta jovencita te quiere con una H —dijo el Rey presentando a Alicia con la esperanza, tal vez, de que el mensajero dejara de embelesarse en sí mismo, pero no sirvió de nada... aquellas supuestas maneras anglosajonas se volvían cada vez más extraordinarias y sus enormes ojos giraban como locos de un lado a otro.

—¡Me estás asustando! —dijo el Rey—. Creo que me voy a desmayar... ¡Dame un sándwich de habas!

A lo que el Mensajero respondió, para asombro de Alicia, abriendo un bolso que llevaba al cuello y ofreciéndole un sándwich que el Rey devoró con ansia.

—¡Otro sándwich! —dijo el Rey.

—Sólo me queda de heno —respondió el Mensajero mirando dentro del bolso.

—Que sea de heno entonces —dijo el Rey en un débil susurro.

Alicia se alegró al ver lo mucho que le había reanimado.

—No hay nada como el heno cuando te vas a desmayar —comentó sin dejar de masticar.

—Tal vez sería mejor un jarro de agua fría... —sugirió Alicia— o quizá unas sales.

—Yo no he dicho que no hubiera nada *mejor* —contestó el Rey—. He dicho que no había nada *como* el heno.

Alicia no se atrevió a llevarle la contraria.

—¿Con quién te has cruzado en el camino? —continuó el Rey, extendiendo la mano al Mensajero para que le diera más heno.

—Con nadie —dijo el Mensajero.

—Debe de ser cierto —dijo el Rey—, porque esta jovencita también le ha visto. Parece claro entonces que Nadie camina más despacio que tú.

—Lo hago lo mejor que puedo —respondió el Mensajero en tono huraño—. ¡Estoy seguro de que nadie camina más rápido que yo!

—No creo que lo haga —dijo el Rey—, porque en ese caso Nadie habría llegado primero. Pero, en fin, recupera el aliento y cuéntanos qué ha sucedido en el pueblo.

—Lo susurraré —contestó el Mensajero poniéndose las manos en la boca en forma de trompeta y agachándose para llegar hasta la oreja del Rey. A Alicia le dio un poco de rabia porque ella también quería escuchar las noticias. Pero en vez de susurrar lo gritó con todas sus fuerzas:

—¡Han vuelto a lo mismo!

—¿A *eso* le llamas susurrar? —gritó el pobre Rey saltando y sacudiéndose—. ¡Si vuelves a hacer algo así, haré que te unten de mantequilla! ¡Me ha resonado en la cabeza como si fuera un terremoto!

«¡Ha debido ser un terremoto muy pequeño!», pensó Alicia.

—¿Quién ha vuelto a lo mismo? —se atrevió a preguntar.

—El León y el Unicornio, evidentemente —dijo el Rey.

—¿Luchan por la corona?

—No me cabe la menor duda —dijo el Rey—: ¡Y lo más gracioso de todo es que siempre ha sido mi corona! Rápido, vayamos a verlos.

Y se fueron trotando. Alicia iba repitiendo para sí las palabras de aquella vieja canción mientras corría:

> *El León y el Unicornio luchaban con ardor;*
> *tremendo espectáculo, tremendo, señor.*
> *De los dos el más fuerte, sin duda, era el León,*
> *que le dio al Unicornio más de un buen capón.*
> *Unos les daban pan blanco, otros marrón,*
> *unos pastel de ciruela, otros de roquefort.*
> *Y al final de la pelea, que acabó con el ardor,*
> *los echaron de aquel pueblo al compás de un tambor.*

—¿Y el que gana... se queda con la corona? —preguntó Alicia como pudo porque la carrera la había dejado sin aliento.

—¡No, qué horror! —exclamó el Rey—. ¡Vaya una idea!

—¿No sería... tan amable... —jadeó Alicia mientras corría— de parar un momento... sólo... para recuperar la respiración?

—Soy muy *amable* —contestó el Rey, lo que no soy es *fuerte*. Verás, los minutos pasan terriblemente deprisa. ¡Es como intentar parar a un pájaro Creps!

A Alicia no le quedaba aliento para preguntar nada más, así que siguieron trotando en silencio hasta que avistaron una muchedumbre en cuyo centro luchaban el León y el Unicornio. Estaban rodeados de tal nube de polvo que al principio Alicia ni siquiera pudo distinguir quién era quién, pero enseguida identificó al Unicornio por el cuerno.

Se pusieron cerca de Hatta, el otro Mensajero, que estaba viendo la pelea con una taza de té en una mano y una tostada de pan con mantequilla en la otra.

—Acaba de salir de la cárcel y eso que ni siquiera se había terminado el té cuando lo encerraron —susurró Haigha a Alicia—. Durante todo este

tiempo sólo le han dado de comer caparazones de ostras, no es extraño que tenga tanta hambre y tanta sed, el pobre... ¿Cómo estás, querido? —continuó poniendo el brazo afectuosamente alrededor del cuello a Hatta.

Hatta le miró y asintió con la cabeza, luego siguió con su tostada.

—¿Has sido feliz en prisión, querido? —preguntó Haigha.

Hatta le volvió a mirar y le cayeron dos lagrimones por las mejillas, pero siguió sin decir una palabra.

—¿No vas a decir nada? —preguntó Haigha con impaciencia. Pero Hatta sólo masticó y bebió más té.

—¡Vamos, di algo! —exclamó el Rey—. ¿Cómo va la pelea?

Hatta hizo un esfuerzo enorme y tragó un buen trozo de tostada.

—Van muy bien —contestó con voz apagada—. Cada uno ha caído unas ochenta y siete veces.

—Entonces supongo que no tardarán en traer el pan blanco y el marrón... —se atrevió a comentar Alicia.

—Se espera que llegue de un momento a otro —dijo Hatta—; de hecho, yo ya me estoy comiendo un poco.

Hubo una pausa en la pelea y el León y el Unicornio se sentaron jadeantes mientras el Rey gritaba:

—¡Diez minutos para tomar algo!

Haigha y Hatta se pusieron manos a la obra llevando bandejas de un lado para otro con pan blanco y marrón. Alicia tomó un pedazo para probarlo, pero estaba *muy* seco.

—No creo que sigan con la pelea hoy —comentó el Rey a Hatta—; vete ya y ordena que empiecen con los tambores.

Hatta desapareció dando brincos como un saltamontes. Alicia se quedó durante un rato en silencio observándole. De pronto se iluminó.

—¡Mirad, mirad! —exclamó señalando entusiasmada—. ¡Ahí está la Reina Blanca corriendo por el campo! Ha salido volando de ese bosque que está a lo lejos... ¡Qué rápido *corren* estas Reinas!

—Sin duda la estará persiguiendo algún enemigo —comentó el Rey sin siquiera volver la mirada—. Ese bosque está lleno de ellos.

—¿Pero es que no piensa ir corriendo a ayudarla? —preguntó Alicia muy sorprendida de que se lo tomara tan a la ligera.

—¡No merece la pena, no merece la pena! —contestó el Rey—. Corre increíblemente deprisa. ¡Es como intentar parar a un pájaro Creps! Pero lo incluiré en mi cuaderno de notas, si quieres... Es una criatura encantadora —repitió dulcemente para sí mismo mientras abría su cuaderno—. ¿Sabes si «criatura» se escribe con acento?

En aquel preciso instante el Unicornio pasó junto a ellos con las manos en los bolsillos.

—¿No cree que ésta es una de las veces que mejor lo he hecho? —le preguntó al Rey mirándole cuando pasaba delante de él.

—No está mal... no está mal... —contestó el Rey bastante nervioso—. Aunque no deberías haberle atravesado con el cuerno, ya lo sabes.

—No le ha dolido nada —dijo el Unicornio despreocupado, y ya se disponía a seguir su paseo cuando su mirada se posó en Alicia por casualidad: dio media vuelta de inmediato y se quedó un tiempo mirándola como si le produjera un enorme desagrado.

—¿Qué... es... esto? —dijo al fin.

—¡Es una niña! —respondió Haigha entusiasmado, poniéndose frente a Alicia para presentarla y le ofreció ambas manos a la manera anglosajona—. Nos la hemos encontrado hoy. ¡Es tan grande como la vida misma y el doble de natural!

—¡Siempre pensé que eran monstruos fabulosos! —dijo el Unicornio—. ¿Está viva?

—Y hasta puede hablar —respondió Haigha solemnemente.

El Unicornio miró a Alicia como si estuviera soñando y dijo:

—Habla, niña.

Alicia no pudo evitar sonreír cuando contestó:

—¿Sabe qué? Yo también había pensado siempre que los Unicornios eran monstruos fabulosos. ¡Nunca antes había visto uno con vida!

—Bueno, pues ahora que ya nos conocemos —dijo el Unicornio—, si tú crees en mí, yo también creeré en ti. ¿Trato hecho?

—Por supuesto, si usted quiere —dijo Alicia.

—¡Vamos anciano, saca el pastel de ciruela! —continuó el Unicornio, volviéndose hacia el Rey—. ¡A mí no me deis ese pan marrón vuestro!

—¡Es cierto! —murmuró el Rey e hizo una señal a Haigha—. ¡Abre el bolso! ¡Rápido! No, ése no... ¡ése está lleno de heno!

Haigha sacó una enorme tarta del bolso y se la dio a Alicia para que la sostuviera mientras él sacaba un plato y un cuchillo para cortarla. Alicia no podía creer que todo aquello hubiese salido del bolso de Haigha. Parecía un truco de magia.

También el León se había unido a ellos. Parecía muy cansado y con sueño, y tenía los ojos medio cerrados.

—¿Qué es esto? —preguntó pestañeando perezoso sin dejar de mirar a Alicia. Su voz tenía un tono profundo y cavernoso que sonaba como el repicar de una enorme campana.

—¿Que qué es esto? —exclamó el Unicornio impacientemente—. ¡No lo adivinarás ni en mil años! *Yo* no he podido.

El León miró a Alicia con cansancio.

—¿Eres animal... o vegetal... o mineral? —preguntó bostezando a cada palabra.

—¡Es un monstruo fabuloso! —exclamó el Unicornio antes de que Alicia pudiera contestar.

—Entonces acércanos ese pastel de ciruelas, monstruo —dijo el León tumbándose en el suelo y apoyando la barbilla sobre las zarpas—. Y vosotros dos —se dirigió al Rey y al Unicornio—, sentaos aquí y que nadie haga trampas con el pastel.

El Rey estaba evidentemente muy incómodo por tener que sentarse entre las dos enormes criaturas, pero no había otro sitio para él.

—¡*Ahora* es el momento de disputarnos la corona! –dijo el Unicornio, mirando con picardía la corona que al pobre Rey estaba a punto de caérsele de la cabeza por lo mucho que temblaba.

—Te gano con facilidad —dijo el León.

—No estoy tan seguro de eso —respondió el Unicornio.

—¡Pero si te he dado una paliza por todo el pueblo, gallina! —respondió enfadado el León levantándose.

En ese punto les interrumpió el Rey para evitar que siguieran con la disputa: estaba muy nervioso y le temblaba la voz.

—¿Por todo el pueblo? —preguntó—. Eso es un trecho muy largo... ¿Habéis ido por el puente antiguo o por la plaza mayor? Desde el puente antiguo se tiene la mejor vista de todas.

—Me temo que no lo sé —rugió el León volviéndose a tumbar—. Había demasiado polvo para ver algo. ¡Sí que tarda el monstruo en cortar ese pastel!

Alicia se había sentado a la orilla de un pequeño arroyo con el enorme plato sobre las rodillas y lo partía diligentemente con el cuchillo.

—¡Es muy frustrante! —contestó Alicia (se estaba acostumbrando ya a que la llamaran «monstruo»)—. He cortado varios pedazos ya, ¡pero siempre se vuelven a unir!

—Eso es porque no sabes cómo funcionan las tartas del espejo —comentó el Unicornio—. Repártela primero entre todos y córtala después.

A Alicia la idea le pareció un poco absurda, pero se levantó obedientemente y les llevó el plato. El pastel se partió en tres trozos sin que ella lo tocara.

—*Ahora* córtala —dijo el León mientras Alicia volvía con el plato vacío.

—¡No es justo! —exclamó el Unicornio cuando Alicia se sentó con el cuchillo en la mano—. ¡El monstruo le ha dado al León el doble que a mí!

—Pero ella se ha quedado sin nada —dijo el León—. ¿Quieres pastel de ciruela, monstruo?

Antes de que Alicia pudiera responder se oyeron los tambores.

No pudo distinguir de dónde venía el ruido: el aire parecía estar lleno de él, y retumbaba cada vez más hasta que se hizo ensordecedor. Se puso de pie y saltó el pequeño arroyo asustada.

Antes de caer sobre sus rodillas y cubrirse las orejas con las manos intentando protegerse del terrible alboroto, sólo le quedó tiempo para ver al León y al Unicornio levantarse enfadados por aquella interrupción del banquete.

«Como no consigan echarles del pueblo con esos tambores —pensó—, no sé cómo van a conseguirlo...»

Capítulo VIII

ES INVENCIÓN MÍA

Poco después, el ruido se fue apagando lentamente hasta convertirse en un silencio sepulcral y Alicia levantó la cabeza un poco alarmada. No se veía a nadie alrededor, así que lo primero que pensó fue que lo más probable era que hubiera soñado lo del León y el Unicornio y lo de todos aquellos extraños Mensajeros anglosajones. Sin embargo, el enorme plato en el que había intentado partir la tarta de ciruelas seguía estando a sus pies.

«Después de todo, parece que no lo he soñado —se dijo a sí misma—, a menos que... a menos que todos nosotros formemos parte del mismo sueño. ¡En ese caso espero que sea mi sueño y no el del Rey Rojo! No me haría ninguna gracia estar en el sueño de otra persona —continuó Alicia en tono quejumbroso—. ¡Lo mejor será que vaya a despertar al Rey Rojo para saber lo que sucede!»

Algo interrumpió sus pensamientos en ese punto, oyó unas fuertes voces que decían:

—¡Atención! ¡Atención! ¡Jaque!

Alicia vio a un Caballero vestido con una armadura roja que galopaba hacia ella blandiendo un enorme garrote. Justo cuando llegó hasta ella, el caballo frenó en seco.

—¡Eres mi prisionera! —exclamó el Caballero y, acto seguido, se cayó del caballo.

Alicia estaba tan sorprendida que se asustó más por él que por ella misma. Le observó con preocupación mientras se montaba otra vez en el caballo. En cuanto se hubo sentado cómodamente en su silla, empezó a decir de nuevo:

—Eres mi... —pero apenas había empezado a hablar cuando le interrumpió otra voz que decía:

—¡Atención! ¡Atención! ¡Jaque! Alicia se dio media vuelta asustada para ver al nuevo enemigo.

Esta vez era el Caballero Blanco. Se acercó hasta donde estaba Alicia y se cayó del caballo igual que había hecho el Caballero Rojo, después se subió de nuevo, y los dos Caballeros permanecieron sentados mirándose el uno al otro durante un tiempo sin mediar palabra. Alicia les observó perpleja.

—¡Es *mi* prisionera! —dijo por fin el Caballero Rojo.

—¡Pues en ese caso *yo* la rescato! —contestó el Caballero Blanco, poniéndose el casco que hasta ese momento había estado colgando de la silla y tenía forma de cabeza de caballo—. ¿Respetarás las reglas de la batalla? —preguntó mientras su oponente iba poniéndose también el casco.

—Siempre lo hago —respondió el Caballero Rojo y empezaron a aporrearse con tanta furia que Alicia se refugió detrás de un árbol para no recibir ningún golpe.

«Me pregunto cuáles serán las reglas de la batalla —pensó Alicia mientras observaba la pelea tímidamente desde su escondite—. Una de las reglas parece ser que, si un Caballero golpea al otro, lo derriba del caballo; y otra que, si falla, se tiene que caer él mismo... y debe de ser una regla también que tienen que sostener los garrotes con los brazos juntos como si fueran marionetas... ¡Y vaya ruido que hacen cuando se caen! ¡Igual que cuando se caen todos los atizadores de la chimenea! ¡Y qué tranquilos están los caballos! ¡Les dejan subirse y bajarse de ellos como si fueran mesas!»

Otra regla de la batalla que Alicia no había notado parecía ser que siempre caían de cabeza. De hecho, la pelea terminó con los dos cayendo de aquella manera, uno junto al otro. Cuando se levantaron, se dieron un apretón de manos y después el Caballero Rojo montó de nuevo y se fue al galope.

—Ha sido una victoria gloriosa, ¿verdad? —dijo el Caballero Blanco jadeando todavía.

—No lo sé —dudó Alicia—. No tengo ganas de ser la prisionera de nadie. Yo quiero ser Reina.

—Y lo serás cuando cruces el siguiente arroyo —dijo el Caballero Blanco—. Te acompañaré hasta que llegues sana y salva al final del bosque... y después regresaré. Así acaba mi jugada.

—Muchas gracias —dijo Alicia—. ¿Le ayudo con su casco?

Parecía evidente que era incapaz de hacerlo él solo y Alicia consiguió liberarle de él.

—Por fin puedo respirar —dijo el Caballero peinándose hacia atrás y volviendo su dulce rostro y sus ojos afables hacia Alicia.

Ella pensó que nunca había visto a un soldado con una apariencia tan extraña en toda su vida. Iba vestido con una armadura de hojalata que le sentaba bastante mal, y llevaba un cofre de madera de pino de una forma extraña atado a los hombros y con la tapa colgando hacia abajo. Alicia lo miró con mucha curiosidad.

—Veo que estás admirando mi pequeño cofre —comentó el Caballero en tono amistoso—. Es una invención mía... para guardar la ropa y los sándwiches. Habrás visto que lo llevo al revés, es para que no le entre la lluvia.

—Pero así se salen las cosas —dijo Alicia dulcemente—. ¿Se ha dado cuenta de que la tapa está abierta?

—No me había dado cuenta —comentó el Caballero y una sombra de disgusto le oscureció la cara—. ¡Entonces se me habrá caído todo! Y el cofre no sirve de nada sin las cosas que llevaba en él.

Se lo desabrochó mientras hablaba, y ya estaba a punto de lanzarlo a los arbustos cuando un pensamiento repentino pareció hacerle cambiar de opinión y lo colgó cuidadosamente de un árbol.

—¿A que no adivinas para qué he hecho eso? —le preguntó a Alicia.

Alicia sacudió la cabeza.

—Con la esperanza de que las abejas aniden aquí... así me quedaré con la miel.

—Pero si ya tiene una colmena o algo parecido... ahí junto a su silla —dijo Alicia.

—Sí, es una buena colmena —dijo el Caballero un poco triste—, una de las mejores. Pero todavía no se ha acercado a ella ni una sola abeja. Y esto otro es una trampa para ratones. Creo que los ratones espantan a las abejas... o las abejas a los ratones, no recuerdo cuál asustaba a cuál.

—Ya me estaba yo preguntando para qué servía la trampa de ratones —dijo Alicia—. Pero no parece muy probable que haya ratones en el lomo de un caballo.

—Quizá no sea muy probable —comentó el Caballero—, pero la verdad es que sí vienen, yo no he elegido que vayan correteando por ahí. Siempre hay que estar prevenido para *todo*. Por eso lleva el caballo esos brazaletes en las patas.

—Pero, ¿para qué sirven? —preguntó Alicia con gran curiosidad.

—Para protegerlo de las mordeduras de los tiburones —contestó el Caballero—. Es una invención mía. Te acompañaré hasta el final del bosque... ¿Para qué quieres ese plato?

—Es para la tarta de ciruelas —contestó Alicia.

—Entonces lo mejor será que nos lo llevemos —dijo el Caballero—. Nos será de ayuda si encontramos alguna. Ayúdame a meterlo dentro de este bolso.

Aunque Alicia trató de abrir el bolso con mucho cuidado, aquello les llevó mucho más tiempo de lo previsto porque el Caballero metía el plato de manera *muy* extraña y las dos o tres primeras veces que lo intentó se cayó él mismo dentro.

—Entra muy justo, ¿no te parece? Me temo que hay demasiados candelabros dentro del bolso —dijo cuando lo consiguió meter por fin mientras lo colgaba de la silla que ya estaba cargada con racimos de zanahorias, atizadores y muchas otras cosas—. Espero que lleves el pelo bien sujeto —siguió diciendo cuando emprendió la marcha.

—Lo llevo sujeto como siempre —contestó Alicia sonriendo.

—Eso no será suficiente —replicó inquieto—; verás, aquí el viento sopla muy fuerte. Tan fuerte que parece sopa.

—¿Y tiene usted alguna invención para que el pelo no salga volando? —preguntó Alicia.

—Todavía no —dijo el Caballero—. Pero sí he pensado en algo para que *no se caiga.*

—Me encantaría escucharlo.

—Primero se pone un palo derecho —explicó el Caballero— y luego se hace que el pelo vaya escalando por él como si fuera una planta trepadora. El pelo se cae porque cuelga hacia abajo, pero si se sostuviera hacia arriba no podría caerse. Es sólo un proyecto para una invención, pero puedes intentarlo si quieres.

Alicia pensó que no parecía un plan especialmente cómodo y durante unos minutos caminó en silencio, dándole vueltas a la idea y ayudando a aquel pobre Caballero que parecía todo *menos* un buen jinete. Cada vez que se paraba el caballo (y eso sucedía muy a menudo) se caía hacia delante, y cuando retomaba la marcha (algo que en general hacía bruscamente) se caía hacia atrás. Por lo demás, se mantenía bastante bien si no fuera

porque a veces tenía también la costumbre de caerse hacia los lados y como casi siempre lo hacía en el lado en el que estaba ella, Alicia decidió que lo más seguro era no caminar *demasiado* cerca.

—No parece que tenga mucha práctica montando a caballo —se atrevió a decir la quinta vez que le ayudó a subirse tras una caída.

El Caballero la miró perplejo y un poco ofendido por el comentario.

—¿Por qué lo dices? —preguntó mientras se encaramaba a la silla agarrándose al pelo de Alicia con una mano para evitar caerse hacia el otro lado.

—Porque una persona con experiencia no se suele caer tanto.

—Yo tengo mucha experiencia —respondió muy serio el Caballero—. ¡Pero que mucha experiencia!

A Alicia no se le ocurrió nada mejor que contestar:

—¿En serio?

Pero lo preguntó lo más amablemente que pudo. Después de aquello permanecieron en silencio un rato, el Caballero con los ojos cerrados mientras murmuraba entre dientes y Alicia observándole preocupada por si se caía de nuevo.

—El maravilloso arte de montar —dijo de pronto el Caballero en voz alta agitando el brazo derecho mientras hablaba— consiste en mantener...

Pero la frase terminó bruscamente porque el Caballero se fue al suelo de cabeza justo en el lado en el que estaba Alicia. Aquella vez se asustó de verdad y mientras le recogía del suelo le comentó con preocupación:

—Espero que no se haya roto ningún hueso.

—No, que yo sepa —contestó el Caballero como si no le importara romperse dos o tres—. El maravilloso arte de montar, como te iba diciendo, consiste en mantener el equilibrio correctamente. Exactamente como lo estoy haciendo ahora, ¿entiendes?

Entonces soltó las bridas y extendió los dos brazos para enseñarle a Alicia a qué se refería, y se cayó de espaldas, justo debajo de las patas del caballo.

—¡Mucha experiencia! —siguió repitiendo mientras Alicia lo levantaba de nuevo—. ¡Mucha experiencia!

—¡Esto es ridículo! —exclamó Alicia, perdiendo un poco la paciencia—. ¡Le iría mejor en un caballito de madera!

—¿Trotan suavemente los de ese tipo? —preguntó el Caballero, realmente interesado, sin dejar de abrazarse al cuello del caballo para evitar caerse de nuevo.

—Mucho más suavemente que un caballo de carne y hueso —contestó Alicia sin poder evitar una pequeña carcajada.

—Me compraré uno entonces —contestó el Caballero como si hablara consigo mismo—. Uno o dos... o incluso varios.

Tras un pequeño silencio el Caballero continuó:

—Se me da muy bien inventar cosas. Supongo que habrás notado que la última vez que me levantaste estaba muy pensativo.

—Estaba usted un poco serio —contestó Alicia.

—Es que estaba inventando una nueva manera de saltar a las vallas... ¿Te gustaría oírlo?

—Me encantaría —respondió educadamente Alicia.

—Te contaré cómo se me ha ocurrido —dijo el Caballero—. Verás, estaba pensando en el asunto cuando se me ha ocurrido que la única dificultad está en los pies, porque la cabeza ya está a la altura. Si primero se pone la cabeza en lo alto de la valla y luego se apoya uno sobre ella se conseguiría que los pies estuvieran también a la misma altura, y en un segundo ya estarías al otro lado.

—Sí, supongo que así conseguiría llegar al otro lado —contestó Alicia muy pensativa—. ¿Pero no le parece que sería muy difícil?

—Todavía no lo he intentado —dijo el Caballero muy serio—, así que no puedo estar seguro... pero me temo que tal vez *sería* un poco difícil.

El Caballero parecía tan confuso que Alicia prefirió cambiar de tema rápidamente.

—¡Qué casco más curioso tiene usted! —dijo animada—. ¿También es invención suya?

El Caballero miró orgulloso el casco que colgaba de la silla.

—Sí —contestó—, pero en una ocasión inventé uno mucho mejor que éste... como un pan de azúcar muy grande y con forma de cono. Así, si me caía del caballo, conseguía que la caída fuera *muy* corta... Aunque también existía el peligro de caer *dentro*, cosa que también me ocurrió una vez... y lo peor de todo fue que antes de que pudiera salir, el otro Caballero Blanco vino y se lo puso porque pensó que se trataba de su casco.

El Caballero contaba todas aquellas cosas de una manera tan seria que Alicia no se atrevió a reírse.

—Supongo que se haría daño el pobre —dijo con voz temblorosa—, con todo ese peso sobre su cabeza.

—Tuve que pegarle, por supuesto —dijo el Caballero muy serio—, hasta que se quitó el casco de nuevo... pero nos llevó horas y horas sacarme de allí, lo cual hice más rápido que... que el rayo.

—Pero el rayo es más rápido —objetó Alicia.

El Caballero negó con la cabeza.

—¡Soy capaz de hacerlo a cualquier velocidad que me lo proponga, te lo aseguro! —contestó levantado las manos emocionado, y mientras decía aquello se cayó hacia atrás y fue a dar con la cabeza en un profundo foso.

Alicia se apresuró a acudir al borde del foso para rescatarlo. Aquella vez se asustó mucho porque durante un rato se había mantenido más o menos estable sobre la montura, y ahora era posible que se hubiese hecho daño

de verdad. Aunque no conseguía ver más que las suelas de sus zapatos le alivió oírle hablar como siempre.

—Cualquier velocidad, te lo aseguro —repitió—; pero fue muy descuidado por su parte ponerse el casco de otro hombre... y más aún cuando no había salido de él todavía.

—¿Cómo puede seguir hablando tan tranquilamente boca abajo? —preguntó Alicia tirando hacia arriba de sus pies y ayudándole a tumbarse sobre un saliente junto a la orilla.

Al Caballero pareció sorprenderle la pregunta.

—¿Qué importa en qué posición esté mi cuerpo? Mi mente sigue funcionando de la misma manera. De hecho, cuanto más boca abajo estoy, más cosas nuevas invento —y, tras una breve pausa, continuó—: pero la cosa más ingeniosa que he hecho ha sido inventar un nuevo pudín durante el segundo plato.

—¿Y le dio tiempo a cocinarlo antes del postre? —preguntó Alicia—. ¡Vaya, eso sí que es rápido!

—Bueno, no para el postre —respondió el Caballero muy pensativo—; no, desde luego, no para el postre.

—Entonces tuvo que ser para el día siguiente. No creo que se tomara dos platos de pudín en la misma cena.

—Bueno, la verdad es que tampoco fue para el día siguiente —repitió de nuevo el Caballero—; desde luego no fue para el día siguiente. De hecho —continuó sujetándose la cabeza hacia abajo y hablando cada vez más bajo—, ¡creo que nunca llegué a cocinar aquel pudín! ¡Es más, no creo que nadie lo vaya a cocinar nunca! Y, sin embargo, fue una invención de pudín bastante ingeniosa.

—¿Cuáles eran los ingredientes? —preguntó Alicia, intentando consolarle porque el pobre Caballero parecía desanimado por aquella razón.

—El principal era papel secante —contestó el Caballero con un gruñido.

—Me temo que no saldrá demasiado bueno...

—No está bueno si lo tomas solo —interrumpió ilusionado—, pero no te puedes hacer una idea de lo diferente que sabe si lo mezclas con otras cosas... como por ejemplo pólvora y lacre. Y ahora he de marcharme.

Acababan de llegar al final del bosque en aquel momento, pero Alicia seguía perpleja pensando en el pudín.

—Estás triste —dijo el Caballero en tono inquieto—, deja que te cante una canción para consolarte.

—¿Es muy larga? —preguntó Alicia, porque ya había escuchado muchas poesías aquel día.

—Es larga —contestó el Caballero—, pero es muy bonita. Todos los que la escuchan... terminan o con lágrimas en los ojos o...

—¿O qué? —preguntó Alicia, porque el Caballero se había callado de pronto.

—O sin lágrimas en los ojos. La canción se llama de esta manera: «Los ojos del bacalao».

—¿Se titula así? —preguntó Alicia, intentando parecer interesada.

—No, no lo entiendes —dijo el Caballero un poco enfadado—. Así es como se llama el título. El nombre de la canción es «El viejo reviejo».

—¿Entonces tendría que haber preguntado cómo se titulaba el título? —corrigió Alicia.

—No, no, eso tampoco: ¡eso es otra cosa totalmente distinta! ¡El título del título es «Caminos y sentidos», pero eso es sólo el título!

—Bueno, pero, ¿cómo es la canción? —preguntó Alicia que para entonces ya estaba completamente desconcertada.

—Estaba a punto de decírtelo —respondió el Caballero—. La canción que te voy a cantar a continuación es «Sentado en una valla» y la melodía es invención mía.

Dicho esto, detuvo el caballo y se colgó las riendas al cuello. Llevaba el ritmo con una mano y una leve sonrisa le iluminaba aquella cara dulce e ingenua. Comenzó a cantar con gran placer.

De todas las cosas extrañas que Alicia vio en su viaje *A través del espejo*, aquélla fue la que recordaría siempre con mayor nitidez. Años más tarde recordaba toda la escena como si hubiera sucedido hace un minuto... los afables ojos y la tierna sonrisa del Caballero... el sol del atardecer brillando en su pelo y en su armadura que de pronto despedía unos rayos de luz que la deslumbraban... el caballo moviéndose tranquilo, con las riendas colgando alrededor del cuello y pastando la hierba que quedaba a sus pies... las negras sombras del bosque que habían dejado atrás... Todo aquello quedó grabado en su memoria como si se tratara de un cuadro, como si pudiera contemplar aquella extraña pareja desde fuera, apoyada en un árbol, y escuchara medio en sueños la melancólica música de aquella canción.

«Pero la melodía no es invención suya —pensó—, es la misma de "Te doy todo lo que tengo, yo más no puedo"», y permaneció allí escuchando atentamente, pero no le vinieron lágrimas a los ojos.

Era un viejo muy reviejo
el hombre aquél que allí estaba
bien sentado en una valla
y nada extraño había en él.
«Viejo reviejo, ¿quién eres?
¿Cómo te ganas la vida?»
Y su respuesta atrevida
yo nunca la olvidaré.

«Busco mariposas —dijo—
que duermen entre laureles
y las convierto en pasteles
de carne de buen cordero.
Luego salgo por las calles
y se las vendo a los bravos
que cruzan los mares claros,
así gano mi dinero.»

Pero yo estaba pensando
en una nueva invención:
cambiar la coloración
de una barba negra en verde.
Así que seguí insistiendo:
«Viejo reviejo, ¿a qué aspiras?
¿Cómo te ganas la vida?».
Ahí me puse a revolverle.

Dijo: «Voy por los altos caminos
buscando los arroyuelos,
luego les prendo fuego
para hacer una invención:
un aceite de allí saco
que va muy bien para el pelo,
por dos peniques y medio
lo vendo yo al por mayor».

Pero yo estaba pensando
en una nueva invención:
hacer mi alimentación
sólo a base de pescado.
Le empujé hacia el otro lado.
«Viejo reviejo, ¿a qué aspiras?
¿Cómo te ganas la vida?»
Le pregunté más cansado.

«Entre los brillantes brezos
busco ojos de tritones
y los convierto en botones
para poner en chalecos.
No me dan mucho por ello,
por una simple moneda
te sale una bolsa llena,
pero tampoco me quejo.»

«También busco mantequilla
entre las playas de arena
y utilizo esta cadena
para pescar mis cangrejos.
Es una gran maravilla
este pequeño tesoro
que he amasado con decoro,
brindemos, señor, por ello.»

Pero yo estaba pensando
en una nueva invención:
un puente de construcción
con barriles de buen vino.
Le agradecí su respuesta
porque mucho me agradaba
aquel hombre que allí estaba
y que brindaba conmigo.

Ahora que de aquel encuentro
ha pasado mucho tiempo
cuando por accidente meto
los dedos en pegamento
o me calzo el pie derecho
en el zapato izquierdo
o se me cae sobre el pie
algo de peso tremendo
recuerdo al viejo reviejo
y lloro porque en el recuerdo
es como si estuviera viendo
su mirada dulce y su hablar cansado,
su pelo blanco como nieve en un árbol,
su cara de urraca y su nariz de pájaro,
sus ojos brillantes como fuego avivado,
su aire alegre y a la vez desgraciado,
su cuerpo que tiembla a uno y otro lado,
sus suspiros de viejo, su hablar murmurado
en aquella tarde que sobre una valla
yo estuve con él y él estuvo a mi lado.

Mientras el Caballero cantaba los últimos versos de su balada, retomó las riendas y dirigió al caballo hacia el camino por el que habían venido.

—Sólo te quedan unos metros para bajar la colina y cruzar el arroyo, y entonces serás Reina... ¿Pero podrías esperar un poco para ver cómo me alejo? —preguntó. Y es que Alicia se había dado la vuelta con una mirada

impaciente hacia la dirección que le había señalado—. No tardaré demasiado. Espera aquí y agita el pañuelo cuando llegue a esa curva del camino. Estoy seguro de que eso me animará mucho.

—Claro que esperaré —respondió Alicia—, y muchas gracias por acompañarme tan lejos... y por la canción... me ha gustado mucho.

—Eso espero —dijo el Caballero un poco pensativo—, aunque no has llorado tanto como yo esperaba.

Se dieron un apretón de manos, y después el Caballero trotó despacio adentrándose en el bosque.

—Espero que no tarde mucho en perderlo de vista —dijo Alicia para sí mientras se quedaba de pie observándole—. ¡Ahí va! ¡De cabeza al suelo siempre! Pero con qué facilidad se levanta... eso le pasa por tener tantas cosas colgando del caballo...

Siguió hablando sola un rato, mientras veía cómo avanzaba lentamente el caballo, y el Caballero se desplomaba primero a un lado y después al otro. Después de la cuarta o la quinta caída llegó hasta la curva, y ella sacó su pañuelo para despedirle y esperó hasta que desapareció de su vista.

—Espero que le haya animado —dijo mientras empezaba a correr colina abajo—; y ahora a por el último arroyo, y ¡a ser Reina! ¡Qué bien suena! —Unos pocos pasos le bastaron para llegar a la orilla del arroyo—. ¡Por fin la octava casilla! —exclamó dando un salto y recostándose para descansar sobre un césped tan suave como el musgo, con pequeños parterres de flores que lo salpicaban a un lado y a otro.

—¡Oh, qué contenta estoy de haber llegado hasta aquí! Y, ¿qué es esto que tengo sobre la cabeza? —se preguntó asombrada alzando las manos. Tenía la sensación de que alguien le había puesto algo pesado sobre ella—. ¿Pero cómo ha podido llegar hasta aquí sin que me haya dado cuenta? —se preguntó mientras lo levantaba y lo ponía sobre su regazo para descubrir qué era...

Y era una corona de oro.

Capítulo IX

ALICIA REINA

—¡Esto es maravilloso! —exclamó Alicia—. Nunca pensé que fuera a convertirme en Reina tan pronto... y le diré algo más, Su Majestad —continuó en tono severo (porque le encantaba regañarse a sí misma)—. ¡Ésas no son formas de estar tumbada sobre el césped! ¡Las Reinas tienen que ser más elegantes!

Se levantó y empezó a caminar... al principio lo hacía muy erguida porque tenía miedo de que se le cayera la corona, pero era agradable que nadie la pudiera ver de momento.

—Si de verdad fuera una Reina —dijo sentándose de nuevo—, sería capaz de organizarme muy bien el tiempo.

Todo era tan extraño que no se sorprendió nada cuando descubrió que la Reina Roja y la Reina Blanca estaban sentadas junto a ella, una a cada lado. Le hubiera encantado preguntarles cómo habían llegado hasta allí, pero dudó si sería correcto.

«Pero tal vez les pueda preguntar —pensó Alicia— si ya ha terminado la partida.»

—Podrían decirme, por favor, si... —empezó mirando tímidamente a la Reina Roja.

—¡Habla cuando se te pregunte! —la interrumpió bruscamente la Reina.

—Pero si todos hiciéramos eso —dijo Alicia que siempre estaba preparada para un poco de discusión—, quiero decir, si sólo habláramos cuando nos preguntan y la otra persona siempre esperara a que el otro empezase, nadie diría nunca nada...

—¡Tonterías! —exclamó la Reina—. Pero, niña, ¿no ves que...?— Aquí se detuvo frunciendo el ceño y, después de pensarlo un momento, cambió el tema de conversación de repente—. ¿Qué querías decir con eso de que «si de verdad fueras una Reina»? ¿Qué derecho tienes a llamarte así? No serás Reina hasta que no hayas pasado el examen correspondiente. Y cuanto antes empecemos, mejor.

—¡Yo sólo he dicho «si lo fuera»! —suspiró Alicia con tono lastimero.

Las dos Reinas se miraron entre sí, y la Reina Roja comentó con un pequeño escalofrío:

—*Dice* que sólo ha dicho «si...».

—¡Pero ha dicho mucho más que eso! —gritó la Reina Blanca retorciéndose las manos—. ¡Oh, mucho más que eso!

—Sí has dicho más, ¿sabes? —dijo la Reina Roja a Alicia—. Di siempre la verdad... piensa antes de hablar... y escríbelo después.

—Yo no quería decir... —replicó Alicia, pero la Reina Roja la interrumpió impaciente.

—¡De eso es precisamente de lo que me estoy quejando! ¡Deberías querer decirlo! ¿Qué sentido tiene decir cosas que no tienen sentido? Hasta los chistes tienen sentido... y una niña vale más que un chiste, ¿no te parece? No podrías negarlo aunque lo intentaras con las dos manos.

—Yo no niego las cosas con las *manos* —objetó Alicia.

—Nadie ha dicho que lo hagas —dijo la Reina Roja—. He dicho que no podrías ni aunque lo intentaras.

—Está en esa fase en la que quiere negarlo *todo*... —dijo la Reina Blanca— ¡Pero no sabe ni qué negar!

—¡Vaya carácter desagradable que tiene! —comentó la Reina Roja, y después se hizo un incómodo silencio de un par de minutos. La Reina Roja rompió el silencio diciendo a la Reina Blanca:

—Te invito a la cena de Alicia esta tarde.

La Reina Blanca sonrió lánguidamente y respondió:

—Y yo te invito a ti.

—No sabía que fuera a dar una fiesta —dijo Alicia—, pero si voy a dar una, creo que debería ser *yo* quien invitara a los asistentes.

—Ya te dimos la oportunidad de hacerlo —comentó la Reina Roja—, pero me temo que no te han dado muchas clases de modales.

—Los modales no se enseñan en clase —dijo Alicia—. Allí se aprende a sumar y cosas por el estilo.

—¿Sabes sumar? —preguntó la Reina Blanca—. ¿Cuánto es uno más uno más uno más uno más uno más uno más uno más uno más uno más uno?

—No lo sé —contestó Alicia—. He perdido la cuenta.

—No sabe sumar —interrumpió la Reina Roja—. ¿Sabes restar? ¿Cuánto es ocho menos nueve?

—Ocho menos nueve es imposible —contestó Alicia de muy buena gana—, pero al revés...

—No sabe restar —afirmó la Reina Blanca—. ¿Sabes dividir? Divide una rebanada entre un cuchillo... ¿Cuál es el resultado?

—Supongo... —comenzó a decir Alicia, pero la Reina Roja contestó por ella:

—Pan con mantequilla, evidentemente. Probemos con otra resta. Un perro menos un hueso, ¿cuál es el resultado?

Alicia se quedó pensando un rato.

—El hueso no puede ser, porque es lo que estoy restando... y tampoco quedaría el perro porque vendría a morderme... ¡y *yo* tampoco quedaría entonces!

—¿Crees que no quedaría nada? —preguntó la Reina Roja.

—Creo que ésa es la solución.

—Mal, como siempre —dijo la Reina Roja—. Te quedaría la paciencia del perro.

—Pero no lo entiendo...

—¡Piensa un poco! —exclamó la Reina Roja—. El perro perdería la paciencia, ¿no es así?

—Quizá sí —contestó Alicia con precaución.

—Entonces, si se fuera el perro, ¡te quedaría su paciencia! —exclamó la Reina triunfal.

Alicia dijo lo más seria que pudo:

—Puede que se fueran por caminos distintos. —Pero no pudo evitar pensar para sus adentros: «¡Qué tonterías *estamos* diciendo!».

—¡No sabes *nada* de cuentas! —exclamaron a coro las dos Reinas con gran énfasis.

—¿Y usted? ¿Sabe *usted* hacer cuentas? —preguntó Alicia volviéndose de pronto hacia la Reina Blanca porque no le gustaba que le señalaran sus defectos.

La Reina suspiró y cerró los ojos.

—Sé sumar —respondió—, si me das tiempo... ¡pero no sé restar bajo *ninguna* circunstancia!

—¿Y el abecedario te lo sabes? —preguntó la Reina Roja.

—Claro que me lo sé —contestó Alicia.

—Yo también —susurró la Reina Blanca—; muchas veces lo recitamos las dos juntas, querida. Y te diré un secreto... ¡Sé leer palabras de una letra! ¿No es estupendo? Pero no te desanimes. Con el tiempo aprenderás tú también.

De nuevo habló la Reina Roja:

—¿Puedes contestar preguntas útiles? ¿Cómo se hace el pan?

—¡Eso lo sé! —exclamó Alicia entusiasmada—. Se necesita harina de trigo...

—¿Y dónde recoges el trigo? —preguntó la Reina Blanca—. ¿En el jardín o en los setos?

—Bueno, no se recoge ahí —explicó Alicia—: está molido...

—¿Molinos dices? —interrumpió la Reina Blanca—. No deberías saltarte tantas cosas.

—¡Abanícale la cabeza! —dijo preocupada la Reina Roja—. Le va a dar algo de tanto pensar...

Las dos se pusieron manos a la obra y la abanicaron con ramos de hojas hasta que tuvo que suplicarlas que lo dejaran, que la estaban despeinando.

—Ya se encuentra mejor —dijo la Reina Roja—. ¿Sabes idiomas? ¿Cómo se dice «tralalá» en francés?

—«Tralalá» ni siquiera es español —contestó seriamente Alicia, pero de pronto se le ocurrió una respuesta perfecta—. Hagamos un trato, si me dice en qué idioma está «tralalá», ¡le diré cómo se dice en francés! —exclamó triunfal.

Pero la Reina Roja se irguió muy derecha y dijo:

—Las Reinas no hacemos tratos.

«Pues a mí lo que me gustaría es que no hicieran preguntas», pensó Alicia para sus adentros.

—No nos peleemos —dijo la Reina Blanca en tono preocupado—. ¿Por qué suceden los relámpagos?

—Los relámpagos suceden —dijo Alicia muy decidida— por los truenos... ¡no, no! —se corrigió rápidamente—. Quiero decir que es al revés.

—¡Demasiado tarde! —dijo la Reina Roja—. Lo dicho, dicho está, hay que aceptar las consecuencias.

—Lo que me recuerda que... —dijo la Reina Roja bajando la mirada y juntando y separando las menos nerviosamente— tuvimos *una* tormenta el martes pasado... quiero decir durante la última serie de martes pasados.

Alicia se quedó perpleja.

—En *nuestro* país —comentó— sólo hay un día a la vez.

—Pues vaya un país tacaño —respondió la Reina Roja—. Aquí, solemos tener dos o tres días y noches cada serie, en invierno incluso juntamos hasta cinco noches seguidas... por el calor, ¿sabes?

—¿Hace más calor en cinco noches seguidas que en una noche? —se atrevió a preguntar Alicia.

—Pues claro, cinco veces más calor.

—Pero por la misma regla, deberían ser cinco veces más *frías*...

—¡Exactamente! —exclamó la Reina Roja—. Cinco veces más cálidas y cinco veces más frías... ¡igual que yo soy cinco veces más rica que tú y cinco veces más lista!

Alicia suspiró y se rindió. «¡Esto es como una adivinanza sin solución!», pensó.

—Humpty Dumpty también lo vio —siguió diciendo la Reina Blanca en voz baja, como si estuviera hablando consigo misma—. Llegó hasta la puerta con un sacacorchos en la mano...

—¿Qué quería? —preguntó la Reina Roja.

—Dijo que quería entrar —continuó la Reina Blanca— porque estaba buscando a un hipopótamo. Pero daba la casualidad de que no había ninguno en casa aquel día.

—¿Y normalmente sí? —preguntó Alicia asombrada.

—Bueno, solamente los jueves —respondió la Reina.

—Yo sé por qué fue —dijo Alicia—. Quería castigar al pez porque...

Pero la Reina Blanca la interrumpió de nuevo:

—¡Una tormenta que no te puedes ni imaginar!

—La que no puede ni imaginar es ella —añadió la Reina Roja.

—¡Parte del tejado salió volando, y los truenos entraron en la casa! ¡Tendrías que haber visto aquellos truenos yendo por las habitaciones, chocándose con todo! ¡Me asusté tanto que no me acordaba ni de mi nombre!

«¡A mí ni se me ocurriría intentar recordar mi nombre en mitad de un accidente! ¿Qué sentido tendría?», pero no dijo esto en voz alta por miedo a herir los sentimientos de la pobre Reina.

—Discúlpela Su Majestad —dijo la Reina Roja a Alicia tomando una de las manos de la Reina Blanca y acariciándola suavemente—, normalmente tiene buenas intenciones, pero no puede evitar decir tonterías todo el tiempo.

La Reina Blanca miró a Alicia tímidamente y ella sintió que debía decir algo agradable pero realmente no se le ocurrió nada en aquel momento.

—Nunca la educaron muy bien —continuó la Reina Roja—, ¡pero es increíble lo amable que es! ¡Acaríciale la cabeza y verás lo contenta que se pone!

Pero Alicia no se atrevió a tanto.

—Un poco de amabilidad... hazle unos rizos en el pelo... y conseguirás de ella lo que quieras...

La Reina Blanca suspiró profundamente y apoyó su cabeza sobre el hombro de Alicia.

—¡Tengo tanto sueño! —gimió.

—¡Está cansada, pobrecita! —dijo la Reina Roja—. Alísale el pelo... préstale tu gorro de dormir... y cántale una nana.

—No tengo ningún gorro de dormir —contestó Alicia— y no me sé ninguna nana.

—Entonces lo tendré que hacer yo misma —dijo la Reina Roja, y empezó:

> Descansa, señora, descansa un buen rato.
> ¿O no ves que Alicia ya te tiene en brazos?
> Queda tiempo aún para que la fiesta empiece
> y haremos primero un enorme banquete,
> habrá también baile a la luz de la lumbre.
> ¡Conmigo, contigo, y una gran muchedumbre!

—Ahora ya sabes la letra —añadió recostando la cabeza sobre el otro hombro de Alicia—, cántamela también a *mí*. Me está entrando sueño.

Un segundo más tarde las dos Reinas estaban ya completamente dormidas y roncando muy fuerte.

—¿Y qué hago yo ahora? —se preguntó Alicia mirando a su alrededor muy confusa. Aquellas dos redondas cabezas se deslizaron desde sus hombros hasta su regazo como unos fardos pesados—. ¡No creo que haya habido antes nadie que haya tenido que cuidar a dos reinas dormidas al mismo tiempo! Al menos no en la historia de ningún país, porque ningún país ha tenido más de una Reina a la vez. ¡Despiértense ya, pesadas! —dijo impaciente, pero no recibió por respuesta más que unos suaves ronquidos. Habían cambiado de entonación y sonaban casi como una melodía. Se quedó escuchándola tan ensimismada que apenas se enteró cuando las dos cabezas se desvanecieron de su regazo.

De pronto estaba de pie frente a una puerta con forma de arco sobre la que se podía leer en grandes letras «REINA ALICIA». A ambos lados del arco había un tirador para llamar al timbre: en uno ponía «TIMBRE PARA LAS VISITAS» y en el otro «TIMBRE PARA LOS SIRVIENTES».

—Esperaré hasta que se termine la canción y después llamaré al... ¿a qué timbre debería llamar? —se preguntó confusa por los letreros—. No soy ni una visita ni una sirvienta. Tendría que haber uno que dijera «REINA»...

Pero en ese momento la puerta se entreabrió y una criatura con un pico muy largo sacó la cabeza un momento y dijo:

—¡No se admite a nadie hasta la semana después de la que viene! —Y cerró de un portazo.

Alicia llamó al timbre y golpeó la puerta en vano durante un rato hasta que una Rana muy vieja que estaba sentada bajo un árbol se levantó y fue renqueando hasta donde se encontraba. Iba vestida de amarillo chillón y llevaba puestas dos botas enormes.

—¿Qué pasa ahora? —preguntó la Rana con voz profunda y ronca.

Alicia se volvió dispuesta a poner reparos a quien fuera.

—¿Dónde está el sirviente encargado de contestar al timbre de esta puerta? —preguntó enfadada.

—¿Qué puerta? —replicó la Rana.

Alicia estuvo a punto de ponerse a pegar saltos de la irritación que le producía que aquella rana hablara tan lento.

—¡Pues ésta de aquí! ¿Cuál va a ser si no?

La Rana miró la puerta con sus enormes ojos sin brillo durante un rato. Luego se acercó y la rascó un poco con el pulgar como si estuviera probando si se caía la pintura. Finalmente miró a Alicia.

—¿De contestar al timbre? ¿Pero quién le ha preguntado? —Estaba tan ronca que Alicia apenas le oía.

—No sé qué quiere decir —dijo.

—Hablamos el mismo idioma, ¿no? —continuó la Rana—. ¿O es que estás sorda? ¿Qué le ha preguntado?

—¡Nadie ha preguntado! —replicó Alicia impacientemente—. ¡Estaba llamando a la puerta!

—No deberías hacer eso... no deberías... —murmuró la Rana—. Le pone muy nerviosa, ¿sabes?

Luego se acercó hasta la puerta y le pegó una patada con uno de sus grandes pies.

—Déjala en paz —dijo jadeando mientras volvía hacia el árbol— y ella te dejará en paz a *ti*.

En ese momento la puerta se abrió de golpe y se oyó una voz muy aguda que cantaba:

> *Alicia la Reina nos ha dicho a todos:*
> *«Tengo una corona que está hecha de oro,*
> *¡quiero que vengáis todos a cenar*
> *conmigo y las Reinas hasta reventar!».*

Y cientos de voces se unieron al coro:

> *«Llenad vuestras copas, y cubrid las mesas*
> *de botones, trigo y otras recompensas.*
> *No olvidéis ponerle ratones al té*
> *y digamos "¡Viva!" treinta veces tres.»*

Luego se oyó un ruido confuso de vítores y Alicia pensó para sí: «Treinta veces tres suman noventa veces. Me pregunto si alguien llevará la cuenta». Se hizo el silencio de nuevo y la misma voz aguda continuó con la siguiente estrofa:

> *«Oh, mis criaturas», dijo Alicia Reina.*
> *«El honor de verme a todos apremia,*
> *¡quiero que vengáis todos a cenar*
> *conmigo y las Reinas hasta reventar!»*

Después se oyó el coro otra vez:

> *«Llenad vuestras copas de melaza y tinta*
> *o de cualquier cosa que dé buena pinta,*
> *lana y vino, arena y sidra, todo se bebe,*
> *y digamos "¡Viva!" dos mil veces nueve.»*

—¡Dos mil veces nueve! —repitió Alicia asustada—. ¡Así no acabarán nunca! Será mejor que entre de inmediato...

En cuanto entró se produjo un silencio sepulcral. Alicia ojeó nerviosamente la mesa mientras caminaba por el gran pasillo y se dio cuenta de que había unos cincuenta invitados de todos los tipos: algunos eran animales, otros pájaros, e incluso había algunas flores entre ellos. «Me alegra que hayan venido sin que se lo haya pedido —pensó—. ¡Yo nunca habría sabido a quién era correcto invitar!»

Había tres sillas en la cabecera de la mesa: la Reina Roja y la Blanca habían ocupado ya dos de ellas, pero la del centro estaba vacía. Alicia se

sentó en ella bastante incómoda por el silencio y deseando que alguien dijera algo.

Por fin empezó a hablar la Reina Roja:

—Te has perdido la sopa y el pescado —dijo—. ¡Que traigan el asado!

Los camareros pusieron una pierna de cordero justo delante de Alicia, y ella la miró angustiada porque nunca había tenido que trinchar un asado antes.

—Pareces un poco tímida... Permíteme que te presente a la Pierna de Cordero —dijo la Reina Roja—. Alicia... Cordero, Cordero... Alicia...

La Pierna de Cordero se puso de pie en el plato e hizo una pequeña reverencia a Alicia y ella le devolvió la reverencia, sin saber si debería sentirse asustada o divertida.

—¿Quieren que les corte un poco? —preguntó sosteniendo un cuchillo y un tenedor y mirando a una Reina y a otra.

—Por supuesto que no —dijo la Reina Roja muy seria—, no sería correcto cortar a alguien que ha sido presentado formalmente. ¡Que se lleven el asado!

Los camareros se lo llevaron y trajeron un enorme pudín de ciruela en su lugar.

—No me presenten al pudín, por favor —dijo Alicia muy deprisa—, o al final me quedaré sin cenar nada... ¿Quiere que le dé un poco?

Pero la Reina Roja parecía malhumorada y gruñó:

—Pudín... Alicia; Alicia... Pudín. ¡Que se lleven al Pudín!

Los camareros se lo llevaron tan rápido que a Alicia ni siquiera le dio tiempo de devolver la reverencia.

Alicia no entendía por qué tenía que ser la Reina Roja la única que diera órdenes, así que exclamó para ver qué sucedía:

—¡Que traigan al Pudín! —Y ahí apareció de nuevo, como en un truco de magia. Era tan grande que no pudo evitar sentirse tan intimidada como con el Cordero, pero superó su timidez con un gran esfuerzo, cortó un pedazo y se lo dio a la Reina Roja.

—¡Menuda impertinencia! —replicó el Pudín—. ¡Me pregunto si te gustaría a ti que yo te cortara un trozo!

Le habló con una voz tan pastosa que Alicia se quedó sin palabras mirándolo con los ojos abiertos.

—Pero contéstale —dijo la Reina Roja—. ¡Es de mala educación dejar al Pudín con la palabra en la boca!

—Hoy me han recitado muchísimas poesías —dijo Alicia un poco asustada, porque en cuanto comenzó a hablar se hizo un silencio sepulcral y todos la miraron fijamente—, y una cosa muy extraña, creo... era que todos los poemas hablaban de una manera o de otra sobre peces. ¿Por qué están tan interesados en los peces por aquí?

Se lo preguntó a la Reina Roja, pero su respuesta tomó otro camino:

—Sobre peces —dijo con voz solemne y susurrando en el oído de Alicia— Su Majestad Blanca conoce una adivinanza encantadora, toda en verso. ¿Quieres que te la recite?

—Su Majestad Roja es muy amable al mencionarlo —susurró la Reina Blanca en la otra oreja de Alicia, en un tono que parecía el arrullo de una paloma—. ¡Para mí sería un placer! ¿Puedo?

—Por favor, adelante —dijo Alicia muy educadamente.

La Reina Blanca soltó una carcajada encantada, acarició la mejilla de Alicia y comenzó a recitar:

Pescar uno es sin duda lo primero que hay que hacer;
no te preocupes, es fácil, puede hacerlo hasta un bebé.

Luego al mercado hay que ir para pagar su dinero;
un penique es suficiente para pagarlo a buen precio.

Para cocinar el pez hay que ser más bien astuto
pero no se tarda nada, casi menos de un minuto.

Cuando ya está cocinado hay que ponerlo en el plato
que tampoco es mucho tiempo, apenas menos de un rato.

Qué bien huele, por favor, tráiganlo pronto a la mesa;
eso es muy fácil también, porque tampoco pesa.

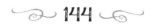

Y aquí viene lo difícil, lo realmente complicado:
no hay quien pueda levantar la tapa del pescado.

Y es que se pega y se pega, como un duro pegamento
se pega la tapa al plato, y el pez sigue ahí en el centro.

Por eso te pregunto ahora: ¿qué ves más fácil de hacer,
resolver la adivinanza o destapar nuestro pez?

—Tómate un minuto para adivinarlo si quieres —dijo la Reina Roja—, y mientras tanto nosotros beberemos a tu salud... ¡A la salud de la Reina Alicia! —gritó con todas sus fuerzas.

Todos los invitados empezaron directamente a beber. Lo hacían de una manera muy extraña: unos de ellos se echaban las copas sobre la cabeza como si fueran apagavelas y se bebían lo que les goteaba por la cara... otros volcaban las licoreras y se bebían el vino que rebosaba por los lados de la mesa... y tres de ellos (que parecían canguros) se encaramaron sobre el asado y empezaron a beber ansiosamente a lengüetazos la salsa, «¡como si fueran cerdos en un abrevadero!», pensó Alicia.

—Lo mínimo que podrías hacer es agradecernos este gran banquete con un bonito discurso —sugirió la Reina Roja, mirando a Alicia con el ceño fruncido.

—Nosotras te apoyaremos en todo, ¿de acuerdo? —susurró la Reina Blanca mientras Alicia se ponía de pie muy obedientemente, aunque un poco asustada.

—Muchas gracias —murmuró Alicia como respuesta—, pero no creo que sea necesario.

—Sea necesario o no sea necesario, tienes que hablar —replicó la Reina Roja con un tono muy decidido, así que Alicia intentó someterse a su exigencia de buen talante.

(—¡Y empujaban de una manera! —le contó luego a su hermana cuando le relataba el banquete—. ¡Era como si quisieran exprimirme hasta la última gota!)

De hecho, se le hacía muy difícil mantenerse en su sitio mientras pronunciaba el discurso: las dos Reinas la estaban empujando tanto, cada una por su lado, que casi la levantaban del suelo.

—Me levanto ahora para agradeceros... —empezó Alicia, y de verdad se levantaba. Mientras estaba hablando se elevó varios centímetros, pero se aferró al borde de la mesa y consiguió bajar de nuevo.

—¡Ten cuidado! —exclamó la Reina Blanca sujetando a Alicia por los pelos con las dos manos—. ¡Parece que va a pasar algo!

Alicia contó luego todas las cosas extraordinarias que comenzaron a suceder de pronto. Las velas crecieron hasta el techo como un conjunto de juncos con fuegos artificiales en la punta y en cuanto a las botellas, cada una de ellas se hizo con un par de platos que se pusieron rápidamente a modo de alas, y así, con tenedores como patas, fueron revoloteando en todas direcciones: «son como pájaros», pensó Alicia en mitad de la terrible confusión que había comenzado.

En ese momento oyó una risa ronca a su lado y se dio media vuelta para ver qué le había sucedido a la Reina Blanca, pero en vez de la Reina se encontró con la Pierna de Cordero sentada en su silla.

—¡Estoy aquí! —exclamó una voz desde la sopera y Alicia se volvió justo a tiempo para ver la sonrisa de la Reina mirándola un segundo desde el borde, antes de desaparecer por completo dentro de la sopa.

No había tiempo que perder. Había ya algunos invitados que habían caído sobre los platos, y el cazo de la sopa caminaba hacia Alicia sobre la mesa haciéndole señas impacientemente para que se apartara de su camino.

—¡No aguanto más! —gritó levantándose de un salto.

Alicia agarró el mantel con las dos manos y dio un buen tirón: platos, bandejas, invitados y velas terminaron chocando unos con otros y cayendo al suelo.

—Y en cuanto a ti —continuó Alicia volviéndose ferozmente hacia la Reina Roja, a quien consideraba responsable de todo aquel desastre... sin embargo, la Reina ya no estaba a su lado... se había quedado reducida de pronto al tamaño de una pequeña muñeca y corría con el mantón colgando

describiendo círculos sobre la mesa. En otra circunstancia a Alicia le habría sorprendido mucho, pero *en ese momento* estaba demasiado nerviosa como para que la sorprendiera nada.

—En cuanto a ti... —repitió levantando a la pequeña criatura justo cuando se disponía a saltar sobre una botella que acababa de aterrizar sobre la mesa—. ¡Te sacudiré hasta que te conviertas en un gatito!

Capítulo X

UN MENEO

Mientras hablaba la tomó de la mesa y la sacudió adelante y atrás con todas sus fuerzas. La Reina Roja no ofreció resistencia alguna, pero su cara parecía hacerse cada vez más pequeña al mismo tiempo que sus ojos se hacían más grandes y verdes. Alicia siguió sacudiéndola, pero a cada segundo se volvía más pequeña... y más robusta... y más suave... y más redonda... y...

Capítulo XI

SE DESPERTÓ

Y al final se convirtió en gatito.

Capítulo XII

¿QUIÉN LO SOÑÓ?

—Su Roja Majestad no debería maullar tan alto —dijo Alicia un poco seria mientras se restregaba los ojos—. ¡Me has despertado de un sueño tan maravilloso! ¿No sabías, gatito, que has estado conmigo en todas mis aventuras a través del espejo?

Un hábito un poco irritante y que es propio de los gatitos (de hecho, fue Alicia quien lo comentó en una ocasión) es que, les digas lo que les digas, ellos siempre responden con un ronroneo. «¡Si por lo menos ronronearan para decir "sí" y maullaran para decir "no" o algo parecido —comentó Alicia aquella vez—, sería posible mantener una conversación con ellos! Pero, ¿cómo se puede hablar con alguien que responde *siempre* lo mismo?»

En aquella ocasión el gatito se limitó a ronronear, por lo que fue imposible saber si quería decir «sí» o si quería decir «no».

Alicia buscó entre las piezas de ajedrez que había sobre la mesa hasta que encontró a la Reina Roja, después se tumbó sobre la alfombra y puso a la Reina Roja y al gatito frente a frente.

—¡A ver, gatito! —gritó dando palmas triunfalmente—. ¡Confiesa que te habías convertido en esta pieza!

(«Pero ni siquiera la miró —dijo luego, cuando le contó la historia a su hermana—; se dio la vuelta y se marchó, como si ni siquiera la hubiese visto. Pero a mí me pareció que estaba un *poquito* avergonzado, por lo que estoy *segura* de que era la Reina Roja.»)

—¡Siéntate un poco más erguido, gatito! —dijo Alicia con una carcajada alegre—. Y aprovecha la reverencia para pensar lo que vas a... a ronronear. ¡Así se gana tiempo, recuerda!

Luego lo alzó en volandas y le dio un pequeño beso «por el honor de haber sido la Reina Roja».

—¡Copo de nieve, pequeñín! —continuó mirando al gatito blanco, a quien en aquel momento estaba acicalando su madre—. A ver cuándo termina Dinah con el aseo de su Blanca Majestad. ¡Ésa debía de ser la razón por la que siempre estabas tan desaliñada en mi sueño! Dinah, ¿es que acaso no

sabes que le estás haciendo el aseo a la Reina Blanca? Mira que limpiarle el hocico a la Reina Blanca de esa manera... ¡Un poco de respeto! ¿Y tú, Dinah? ¿Quién eras tú en el sueño?

Alicia continuó hablando consigo misma tumbada sobre la alfombra apoyando la barbilla en la mano para mirar de cerca a los gatitos.

—Dime, Dinah, ¿eras tú Humpty Dumpty? *Creo* que sí, pero no estoy muy segura, así que no le comentes nada a tus amigos. Por cierto, gatito, si de verdad estuviste conmigo en mi sueño hay algo que seguro que te habrá encantado. ¡Me refiero a todos esos poemas sobre peces! Mañana te haré un tratamiento real. Cuando estés comiéndote el desayuno te recitaré «La Morsa y el Carpintero» y así podrás imaginar que son ostras lo que estás comiendo... Y ahora, gatito, pensemos tú y yo quién ha soñado esta historia. ¡Es una pregunta muy seria, gatito, y no deberías responderme así, lamiéndote la patita como si Dinah no te hubiese lavado esta mañana! Yo creo que sólo hemos podido ser o yo, o el Rey Rojo. ¡Ya sé que él estaba en mi sueño, pero es que yo también estaba en el suyo! ¿Tu crees que era el sueño del Rey Rojo, gatito? Tú eras su esposa, así que deberías saberlo... ¡Ayúdame a resolver este misterio y deja de restregarte la patita, que eso lo puedes hacer en cualquier otro momento!

Pero el irritante gatito terminó de restregarse aquella patita y empezó a restregarse la otra, como si no hubiese oído la pregunta.

¿Y *tú*? ¿De quién crees tú que fue el sueño?

> *Atardece en la barca debajo del sol;*
> *los remos se deslizan lentamente ahora;*
> *inquieto, julio comienza su adiós.*
>
> *Cerca unas de otras tres niñas esperan,*
> *el oído atento, la mirada inquieta,*
> *para oír la historia que tanto desean.*
>
> *Llovió mucho ya desde aquel verano;*
> *ecos y recuerdos se fueron marchando;*
> *ante el mes de julio triunfó el mes helado.*

Sólo ella quedó, la niña soñada,
Alicia en el cielo como un fantasma;
nunca la vio nadie con despierta mirada.

Cada día, aún, los niños se aprietan
entre ellos muy fuerte cuando les alientan
lindas voces de historias y antiguas leyendas.

Inocentes entran al País soñado
de las Maravillas mientras el verano
duerme poco a poco y va terminando.

En él se deslizan como en retirada
las luces naranjas de tardes doradas;
la vida es un sueño, dice la tonada.

FIN